Captive

Du même auteur, dans la même collection :

Décollage immédiat
Nuit blanche au lycée
Métro Z

Captive
FABIEN CLAVEL

RAGEOT ✸ *THRILLER*

À Guillaume, architecte du vertige.

pour anna
pour léna

Cet ouvrage a été imprimé sur un papier
issu de forêts gérées durablement,
de sources contrôlées.

Couverture : © James Godman/plainpicture/LP

ISBN : 978-2-7002-4737-4
ISSN : 2259-0218

© RAGEOT-ÉDITEUR – PARIS, 2015.
Tous droits de reproduction, de traduction et d'adaptation réservés pour tous pays.
Loi n° 49-956 du 16-07-1949 sur les publications destinées à la jeunesse.

I

Je regarde dans le rétro.
Et ce n'est pas une métaphore, comme dirait ma prof de français.
Enfin, pas seulement.
La batterie de mon smartphone se recharge sur la prise de l'allume-cigare. Il n'y a rien d'autre à faire qu'admirer le paysage.
On est en voiture avec mon daron. On file à cent trente à l'heure vers le sud sur l'A75. Pour l'occasion, il a laissé au garage sa moto de crise de la quarantaine.
Du coup, on a hérité de la Renault moisie de son frangin avec la banquette arrière qui sent encore le chien mouillé.
J'ai l'impression de m'être fait avoir dans les grandes largeurs. Pour une fois que j'étais prête à retourner au Maroc avec ma mère pour les vacances d'été, voilà mon reup qui redéboule dans ma vie.

Oui, cela peut paraître étrange de l'appeler comme ça. Mais j'ai pris cette habitude. Impossible pour l'instant de prononcer le mot « papa » ou « père », même en pensée. Alors j'en reste à l'argot et, parfois, à son prénom. J'ai même consulté un dictionnaire pour me trouver des synonymes. J'en ai découvert des tas dont j'ignorais l'existence, comme dabe ou dabuche. J'ai l'impression d'être dans un film de gangsters en noir et blanc quand je le prononce. C'est devenu presque un jeu.

Donc, mon dabe a décidé de renouer après deux ans de silence. Bon, il aura fallu que j'apparaisse au journal de 20 heures[1] pour qu'il se décide mais c'est mieux que rien. Quand il m'a proposé de passer mon mois de juillet avec lui, je n'ai pas pu refuser.

J'étais même contente.

Ça n'a évidemment pas plu à tout le monde. Ma mère l'a eue un peu mauvaise de me voir me tirer malgré ma promesse.

Jérémie n'a pas apprécié non plus. Il nous voyait déjà faire notre premier voyage ensemble, en amoureux.

Ce qui aurait dû être une fête devient une corvée.

Les négociations autour des vacances m'ont pourri toute ma fin de seconde qui n'avait pourtant pas besoin de ça. Mes résultats ont encore plongé au troisième trimestre. Plus une ou deux heures de colle pour travail non fait. Je n'avais pas trop la tête à ma scolarité.

1. Lire *Nuit blanche au lycée* dans la même collection.

L'année s'est terminée sur une proposition de redoublement au dernier conseil de classe. Ma mère était furieuse. Le proviseur a eu beau lui expliquer que, selon lui, c'était la meilleure solution et qu'il avait bien pris en compte la situation exceptionnelle à laquelle j'avais été confrontée, elle a insisté pour aller en appel.

La commission a été un beau moment d'humiliation. J'ai dû me justifier devant des inconnus, mettre le nez dans mes moyennes minables, tout en leur parlant de mes vœux d'orientation.

– Pourquoi vouloir suivre une première ES, mademoiselle ?

Je n'avais pas envie de leur dire que je rêvais maintenant de faire des études de journalisme, que j'avais participé au club du lycée et que, de toute façon, je n'étais pas assez bonne en maths pour une S, ni en français pour une L.

Ma mère leur a joué la grande scène du deux. Elle a pleuré, elle a rugi comme une lionne de l'Atlas, elle leur a dit que c'était injuste pour moi, que j'avais un projet qui me tenait à cœur, bla-bla-bla. La honte !

En tout cas, ça n'a servi à rien : ils ne m'ont pas laissée passer. Et après, ma mère ne m'a plus lâchée pour que je révise tout le programme de seconde d'ici septembre.

C'est sans doute une des raisons qui m'ont poussée à partir quand même avec mon reup.

Et nous voilà sur l'autoroute.

Depuis Clermont-Ferrand, on a déjà dépassé Le Puy-en-Velay, Aurillac et le viaduc de Garabit. Ça change de Villejuif et de la banlieue parisienne. Je me serais bien arrêtée sur l'aire de repos pour me dégourdir les jambes mais mon paternel a peur d'arriver en retard.

Je ne sais pas encore où on va exactement. C'est une surprise, il a dit.

Je le sens mal. De plus en plus mal.

Déjà le paysage s'assèche à chaque kilomètre. J'en ai marre. On sent le soleil qui tape, même à travers les vitres teintées. Odeurs de plastique et de métal bouillants. La bagnole est trop vieille pour avoir la clim et je crève de chaud.

Le daron a donc eu la bonne idée de nous emmener en Lozère. Ça pue le camping à plein nez, comme au bon vieux temps. Super ! Je suis impatiente de dormir sur un sol irrégulier dans une tente surchauffée !

Derrière nous, une voiture familiale remplie à ras bord. Je vois le conducteur lever les mains du volant comme s'il se disputait. Encore des vacances réussies en perspective. Au moins, je ne suis pas toute seule à en baver.

J'imagine que ça part d'une bonne intention chez mon dabe, mais j'aurais préféré rester avec Jérémie. On aurait visité Budapest tous les deux. On y pense depuis un moment.

Pour être franche, je ne me remets pas super bien de ma dernière aventure au lycée.

Depuis la prise d'otages, je dors mal, mes nuits sont peuplées de cauchemars. Mais j'ai refusé d'en parler à Mme Rivière, la psychologue de l'établissement. Elle m'énerve. Mes parents non plus n'en savent rien. Pas plus que Jérémie.

Finalement, le seul à qui je pourrais me confier, c'est M. Caton, le proviseur. Je dois être un peu tordue. De toute façon, l'établissement est maintenant fermé, c'est trop tard pour cette fois.

On n'échange pas un mot. Depuis le temps, on a oublié ce qu'on avait à se dire. On se contente d'écouter des chansons *country* qui nous donnent l'illusion de parcourir une *highway* du fin fond des *States*.

Alors, je regarde dans le rétro, la route qui défile à l'envers, les lignes blanches qui s'allongent avec leurs tirets sans fin. Et je me dis que, quand même, c'est bien une métaphore.

Soudain, je me fige. Le chauffeur derrière nous a donné un coup de volant et son véhicule fait une dangereuse embardée qui manque l'envoyer dans le décor !

2

Je me redresse brusquement.
– Qu'est-ce qu'il y a ?
Mon reup n'a rien capté. Il écoutait sa musique, lunettes de soleil sur le nez. Quand la voix de Johnny Cash résonne, il est en transe. Ça devrait d'ailleurs m'inquiéter vu que je suis à la place du mort.
Mais pour l'instant, j'ai d'autres chats à fouetter. Je ne quitte pas le rétroviseur des yeux. Par chance, le conducteur a réussi à redresser la trajectoire.
Il a dû se faire peur car il met aussitôt son clignotant pour sortir à la prochaine aire. La curiosité est la plus forte. Je trouve rapidement une idée géniale.
– J'ai envie de faire pipi !
Mon vieux bougonne.
– Tu ne peux pas attendre ? On est bientôt arrivés...
– Non, ça urge !
Je lui montre le panneau annonçant la station essence.
– En plus, ce sera l'occasion de faire le plein !

Ce dernier argument parvient à le convaincre mieux que ma vessie en détresse. Il se rabat sur la voie de décélération. Le monospace nous suit de près. On s'engage sur un premier rond-point.

J'espère que la voiture mystérieuse va prendre le même chemin...

Yes ! On tourne tous les deux vers les pompes à essence. Mon dabe s'arrête devant le diesel parce qu'il aime bien polluer plus pour dépenser moins. Les autres se garent juste à côté.

Le père de famille sort de l'habitacle avec un visage fermé. Sa femme l'imite. Elle a l'air effrayée.

– Mais enfin, Michel, tu as failli nous mettre dans le fossé !

– Parles-en à ta fille ! C'est elle qui débite ces horreurs.

– Peut-être mais c'est une enfant... Elle ne pense pas ce qu'elle dit...

– Tu la défends encore ?

L'homme semble excédé.

– Même si elle nous poignardait dans notre sommeil, tu lui trouverais encore des excuses !

– Je t'en prie, ne dis pas des choses pareilles.

À ce moment-là, leur fille s'extrait à son tour de la voiture. Je l'observe avec attention. Elle doit avoir mon âge. Des cheveux noirs, très longs, qui lui tombent devant les yeux et sur les reins. Elle s'éloigne sans un regard pour ses parents.

– Ophélie, où vas-tu ?

– Je me casse, vous me faites chier !

Le père voit rouge. Il lui court derrière et lui attrape violemment le bras.

– Tu vas arrêter de te donner en spectacle, oui ? Remonte dans la voiture !

Je suis sidérée par la brutalité avec laquelle il l'empoigne. Je me tourne vers mon paternel :

– Thomas, fais quelque chose !

Mon daron paraît embêté par toute cette affaire. Il en a sûrement assez des conflits de couple. Après tout, c'est la raison pour laquelle il a quitté le foyer voilà deux ans. En plus, il n'est jamais très chaud pour se mêler des affaires d'autrui.

Voyant qu'il n'y a personne d'autre dans les parages, il se décide, ôtant ses précieuses lunettes noires pour ne pas les abîmer.

À regret, il s'avance vers la dispute qui s'envenime. La mère, affolée, tente de calmer son mari qui a l'air prêt à cogner sur sa fille.

– Allons, monsieur, calmez-vous !

Je n'entends pas la suite parce qu'ils sont trop loin et que les ventilateurs des moteurs se déclenchent au même moment. D'où je suis, je vois mon reup parlementer avec l'excité, aidé par la femme. Un sacré impulsif, celui-là ! Quand je pense qu'il a pratiquement lancé sa bagnole dans le bas-côté, il y a de quoi avoir peur !

Le gars finit par lâcher sa fille mais ils ne sont pas trop de deux pour le raisonner. Moi, j'avise la brune qui cherche à se carapater. Je m'approche rapidement.

– Ça va ?

Elle me toise à travers sa mèche noire sans me répondre. Je remarque pour la première fois ses traits asiatiques, très différents de ceux de ses parents.

– C'est mon vieux qui essaie de calmer le tien. J'espère qu'ils ne vont pas en venir aux mains parce que c'est pas un grand costaud.

Ma petite phrase détend un peu l'atmosphère. La fille rabat ses cheveux derrière ses oreilles. Je distingue enfin ses traits : elle a un visage assez mince mais des joues rondes. Elle doit peser quarante kilos toute mouillée.

– Je m'appelle Lana. Et toi ?

– Ophélie.

– Tu es aussi en route pour une destination naze choisie par tes parents ?

Elle hausse les épaules.

– Ils veulent m'obliger à passer l'été dans un camp pour ados perturbés !

– Sympa...

Je me demande quelle tête je ferais si mes parents m'avaient préparé une surprise de ce genre. J'en reviens à ma première inquiétude.

– J'ai vu que votre voiture avait failli sortir de la route. Qu'est-ce qui s'est passé ?

– J'ai dit à mon père que c'était un gros con. Et que j'irais jamais là-bas. Il est devenu tout rouge. J'ai cru qu'il allait s'étouffer mais non. Dommage...

Je devine ce qu'elle peut éprouver.

– J'ai connu ça : avec ma mère, on était comme chien et chat pendant des mois. Maintenant, ça va mieux.

– Ah oui ? C'est pour ça que tu pars en vacances avec juste ton père ?

Je m'embrouille un peu :

– C'est compliqué, tu sais. Mes parents ont divorcé et…

– Je suis sûre que si les miens se séparaient, ça leur ferait beaucoup de bien et ils me foutraient la paix.

– Oui, parfois, c'est la meilleure solution.

Tout en parlant, afin de s'éloigner des odeurs de gazole, on a continué à marcher vers une maison ronde qui ressemble à un office du tourisme. Quand on entre, il y a du bois partout. Ça sent la résine de pin.

Dans tous les coins, j'aperçois des images de loups. Sur des tee-shirts, des cartes postales, des magnets. Je frémis sans pouvoir me retenir. Ophélie doit mettre cela sur le changement de température car il fait quinze degrés maximum à l'intérieur.

On se promène dans les rayonnages.

– Ton père s'énerve souvent à ce point ?

Manifestement, ma question la gêne. Elle se détourne.

– Non. Là, j'ai juste exagéré. Je ne voulais vraiment pas aller dans leur camp pour tarés. J'ai passé mon temps à les pousser à bout.

– Quand même, ce n'est pas une raison pour faire du rodéo sur l'autoroute…

Ophélie s'énerve d'un seul coup.
— Mais tu es qui pour t'occuper de ma vie ? Lâche-moi !

Surprise par son ton, je bats en retraite.
— Hou là ! J'essayais juste de t'aider.
— Eh bien, je n'ai pas besoin de toi ! Laisse-moi tranquille.
— Pas de problème.

Douchée, je m'éloigne et tombe nez à nez avec mon reup.
— Ah, te voilà ! Je te cherchais partout.
— J'accompagnais la miss.

Il a l'air soulagé.
— Bon, on va pouvoir repartir. Tout est arrangé.

Je serais moins optimiste que lui. Rien ne m'a l'air réglé dans cette histoire, mais je n'ai aucune envie de jouer les assistantes sociales sur les aires d'autoroute, surtout après m'être fait jeter de cette manière.

On repart vers le parking et on croise les parents d'Ophélie qui arrivent en sens inverse. Mon dabe les interpelle :
— Votre fille vous attend à l'intérieur.
— Merci.
— De rien. À tout à l'heure.

Je reste bloquée sur les derniers mots. Je me retiens néanmoins jusqu'à ce qu'on soit arrivés à la voiture pour demander :
— Tu comptes passer *tes* vacances avec eux ?

J'ai bien insisté sur le « tes ». Il me sourit, content de lui.

– Ah oui, je ne t'ai pas dit ? C'est une coïncidence amusante : on va au même endroit !

Le soleil a transformé l'habitacle en étuve. De toute façon, même sans la température ambiante, je serais en train de fulminer.

– C'est quoi, ce plan dans lequel tu m'as embarquée ?

– Ne t'énerve pas, ma puce, je vais t'expliquer.

Il ne pouvait pas m'agacer davantage qu'en m'appelant « ma puce ».

– Tu utilisais ce petit nom quand j'avais dix ans ! J'en ai bientôt seize !

Ennuyé par mon éclat, il tente de détourner mon attention en remettant la cassette (oui, l'autoradio fonctionne encore avec ce matériel préhistorique) de Johnny Cash.

J'appuie sur EJECT.

– Ophélie m'a dit que c'était un camp pour ados tarés !

– Elle t'a raconté n'importe quoi. Ce n'est pas du tout cela. Il s'agit simplement d'un stage pour se remettre en phase avec la nature.

Je lève un sourcil sceptique.

– Tu donnes dans le trip écolo maintenant ?

– Cela m'a été chaudement recommandé. Et puis je l'ai testé avant.

– Vraiment ?

– Bien sûr, il faut le voir comme un genre de colonie de vacances.

Il réussit à me calmer. Un peu. J'ai quand même un reste de colère en moi.

– Tu trouves que j'ai une tête à jouer les scouts pendant mes vacances d'été ? Merci pour la surprise !

Les muscles de ses mâchoires se contractent. Sans relever ma remarque, il prend la sortie 38.

J'ai à peine le temps de lire sur le panneau les noms de « Marvejols » et « Nasbinals ». On est déjà arrivés ? En même temps, je me rappelle qu'on est partis de Villejuif il y a plus de sept heures.

Mon vieux négocie encore un virage avant de reprendre :

– Je me suis donné du mal pour nous inscrire. Ces stages Firmitas sont très demandés.

Il avale sa salive, visiblement ému.

– Tu vois, Lana, j'ai bien remarqué que tu n'avais pas le moral. Toutes ces histoires avec le lycée ont dû te fatiguer. Je me démène pour que tu retrouves la forme. Et puis, je pensais que ce serait une occasion pour nous de... je ne sais pas, de renouer... Mais, si tu préfères, on peut faire demi-tour...

Je le regarde. Il a l'air crevé après les cinq cents kilomètres de route. Je me détourne parce qu'il me bouleverse. Pour cacher mon émotion, je grommelle :

– C'est bon, on va y aller à ton stage. On n'aura pas parcouru toutes ces bornes pour rien !

Du coin de l'œil, je le vois esquisser un sourire. Est-ce que je suis désespérée à ce point pour tout lui pardonner si vite ? Non seulement il nous a abandonnées, ma mère et moi, pendant deux années entières, mais en plus il est en train de me ruiner mes vacances.

J'inspire et j'expire lentement.

Tout va bien se passer. J'ai déjà campé avec lui, ce n'était pas si terrible. J'essaie d'oublier les paroles de mauvais augure d'Ophélie.

À ce moment-là, il gare la voiture sur un chemin de terre. Des gravillons craquent sous les pneus.

– Qu'est-ce que tu fais ?

Il montre le **GPS** et remet le son. Une voix mielleuse s'élève :

– *Vous êtes arrivés.*

– Tu vois, on y est.

Je regarde aux alentours. On est sur une départementale dont le revêtement a connu des jours meilleurs. Il n'y a pas âme qui vive.

J'entends un bruit de moteur. Mais quand je me retourne, c'est pour apercevoir le monospace des parents d'Ophélie. J'avais presque oublié leur existence. Ils se garent à côté de nous, soulevant des nuages de terre sèche. Un coup d'œil à mon smartphone : il est déjà dix-sept heures passées.

Je sors de la bagnole et renonce à m'asseoir sur le capot en voyant la couche de crasse qui le recouvre.

– Bon, qu'est-ce qu'on fait maintenant ?

– Les organisateurs vont venir nous chercher.

C'est le fameux Michel qui me répond alors que je ne l'avais pas sonné. En tout cas, il semble s'être calmé. On attend en silence, Ophélie évitant de croiser mon regard. J'aime autant.

Au bout de quelques minutes à peine, une camionnette blanche déboule sur la route et se range le long de nos véhicules. À peine arrêtée, le conducteur en descend sans couper le moteur.

C'est un type qui a l'air d'avoir été oublié dans la forêt depuis longtemps. Il a des cheveux gras et grisonnants qui lui tombent devant les yeux, une casquette de baseball et une grosse chemise de bûcheron canadien.

– Mettez vos affaires dans la fourgonnette.

Je lance un « bonjour » à tout hasard. Sans succès. Bienvenue dans la jungle. Je me penche vers mon reup.

– Il ne s'attend quand même pas à ce qu'on abandonne la bagnole en pleine nature, non ?

Les autres ont déjà commencé à charger leurs bagages sans poser de questions. Ils n'ont pas l'air surpris. Mon daron, lui, veut éviter les vagues.

– Cela fait partie du stage. Comment veux-tu te ressourcer si tu emportes tout le confort moderne avec toi ? Allons, ne retardons pas le groupe.

Une R19 sentant le chien mouillé n'est pas exactement ce que j'entends par « confort moderne ». Pour me convaincre, il grimpe à l'arrière. Je jette un œil : les parois sont juste couvertes d'un habillage de bois, avec une sorte de banc au-dessus de chaque roue. Au fond, je remarque un gros jerrican fixé par des tendeurs.

– Ça va être confortable, dites donc...

L'homme des bois ne moufte pas. Docile, la famille d'Ophélie monte dans l'utilitaire et s'installe sans un mot. Je proteste encore un peu :

– Il n'y a même pas de vitres !

Mais je suis apparemment la seule à m'en offusquer. Mon reup a un sourire d'excuse et de supplication. Comme notre chauffeur semble pressé et qu'on n'attend plus que moi, grommelant, soupirant, je consens enfin à déposer mon énorme valise avant d'embarquer à mon tour.

Quand notre charmant chauffeur referme la porte coulissante, le noir se fait et je ne peux me défaire du sentiment de collaborer à mon propre enlèvement.

3

Sur la route, je me demande quand même ce que je fais dans cette galère. Chaque cahot manque de m'envoyer par terre et notre homme des bois n'a pas une conduite très souple.

On entend les pneus patiner sur le bas-côté plus souvent qu'il ne faudrait. Les virages sont un grand moment : on se retrouve plaqués les uns contre les autres, dans l'obscurité la plus absolue. Et les flic-floc incessants du jerrican.

Tout ça ne me plaît pas du tout. En observant les coins, je constate qu'un rai de lumière essaie de se faufiler derrière la cabine alors que la fente a été soigneusement comblée par de l'isolant.

On fait exprès de nous laisser dans le noir !

À part dans les films quand on se rend sur la base secrète des méchants, on n'a pas besoin de ce type de précaution, non ? Dans quoi mon dabe nous a-t-il embarqués ?

Je me rappelle maintenant qu'il a toujours été le roi des plans foireux. Quand ma mère allait se ressourcer au Maroc et que je m'alignais sur mon vieux pour rester en France, il nous dégottait toujours des vacances au rabais.

On écopait de séjours minables mais il me répétait :

– Tu as vu le prix que j'ai obtenu ?

J'aurais bien aimé que ce détail me revienne en mémoire plus tôt. À partir de onze ans, j'ai passé mes vacances d'été avec lui. C'est comme ça qu'on a atterri en Lozère. Petit succès : je me suis rarement ennuyée à ce point. Au final, j'ai réussi à le convaincre de se concentrer sur Paris. Ça a duré deux ans. Ensuite, il s'est fait la malle.

Un nid-de-poule plus profond que les autres m'éjecte du banc. Je me reçois sur le coccyx en grognant.

Ophélie ricane.

Elle fait partie de ces gens qui ne vous pardonnent pas d'avoir été gentils avec eux. Je l'aurais bousculée comme son père l'a fait, elle me mangerait dans la main.

Bon, le trajet est vraiment interminable.

Quand je tente de m'imaginer le décor qui va nous accueillir à l'arrivée, je vois des miradors et des barbelés.

Après une bonne demi-heure de route en zigzag, la camionnette s'arrête enfin. J'ai mal partout et je suis d'assez mauvaise humeur.

On entend le chauffeur éteindre son moteur, claquer sa portière et marcher le long du véhicule.

La porte s'ouvre et des flots de lumière aveuglante nous déferlent dessus. Je cligne des paupières, éblouie.

Pendant un moment, je ne distingue rien. Puis mes yeux s'accommodent et discernent des rideaux de résineux. Moi qui suis plutôt feuillus et Fontainebleau...

Une main se tend vers moi. Par réflexe je la saisis et je suis entraînée hors du véhicule.

– Bienvenue dans votre nouvelle vie ! Bienvenue à Firmitas !

Je mate celui qui vient de parler. C'est un garçon un peu plus vieux que moi. Un brun athlétique assez beau gosse. Un immense sourire lui barre le visage.

– Moi, c'est Jason. Vous avez fait bon voyage ?

Tandis que je grommelle, mon reup assure que le trajet était une partie de plaisir. Je regarde par-dessus l'épaule de notre gentil organisateur.

Comme je le craignais, il n'y a que des tentes igloo. C'est à peine si j'aperçois une espèce de chalet en gros rondins. Pour le reste, c'est un vrai chantier. Des jeunes s'affairent sur des outils, taillant des poteaux, les rabotant avec lenteur.

Je pousse un grand soupir.

Jason semble ne s'intéresser qu'à Ophélie et moi.

– Venez. Je vais vous montrer.

Traînant des pieds, je lui emboîte le pas. Ophélie n'a pas l'air plus emballée. Le camping sauvage ne doit pas être son truc si j'en juge par ses vêtements qui représentent à peu près un an de mon argent de poche.

Jason nous entraîne vers les installations. Il nous montre un foyer délimité par des pierres.

– C'est là qu'on se réunit le soir.

– J'imagine qu'on chante des chansons en s'accompagnant à la guitare...

Mon ironie ne le déstabilise pas.

– Cela n'a rien d'obligatoire. Mais si tu as pris ton instrument et que tu te sens en voix...

Il a un sourire séducteur qui me fait passer un long frisson dans le dos. Si tous les garçons du camp sont comme lui, je pourrai au moins me rincer l'œil.

D'ailleurs, il nous amène un peu plus loin, du côté de ceux qui travaillent.

– On est en train de monter une clôture pour éviter que des bêtes à la recherche de nourriture viennent fouiller dans nos déchets.

Ophélie se raidit.

– Il y a des animaux sauvages ?

– Bien sûr, des ours, des loups, des panthères...

Elle me dévisage une longue seconde, les yeux ronds, afin de mesurer si je suis sérieuse. Jason vole à son secours.

– Elle te charrie. On ne risque rien.

Ophélie a un sourire emprunté.

– J'avais compris.

– Bon, venez que je vous présente au reste de l'équipe. Victor s'excuse, il n'a pas pu être là pour vous accueillir. Il nous rejoindra plus tard.

Tandis qu'on marche, je me penche vers Ophélie.

– C'est qui, Victor ?

Elle hausse les épaules. Mais Jason m'a entendue.

– Celui qui est à l'origine du projet. Il a bâti ce lieu de travail sur soi et sur la nature. Au départ, il n'y avait rien sur ce terrain. Moi, ça fait trois ans que je viens chaque été pour faire avancer le chantier. La première année, on a abattu les arbres. La deuxième, on a égalisé le terrain. Maintenant, on peut commencer à construire.

Déjà, nous sommes face à un groupe très occupé. Ils sourient tous béatement. Jason se lance dans une avalanche de prénoms que j'écoute à peine. Même les visages, je sais que j'aurai besoin d'un moment pour les retenir.

Ce n'est pas très professionnel. Si je veux un jour devenir journaliste, il faudra que je sache identifier des centaines de personnes. Mais là je suis en vacances.

– Lana ?

Tiens, il sait déjà comment je m'appelle ? Il y en a qui ne chôment pas. Voyant que je n'ai pas entendu sa question, Jason répète :

– Tu veux nous prêter main-forte dès maintenant ? On a encore du temps avant la fin du jour.

– Je dois ranger mes affaires...

– Laisse tomber. Les vieux s'en occuperont. Ils sont là pour ça.

Voilà une tournure d'esprit qui me plaît !

Je lance quand même un regard à mon dabe qui est resté près de l'utilitaire. Il est en grande discussion avec les parents d'Ophélie. Tous trois paraissent très contents de porter nos bagages vers les tentes qui nous sont assignées.

Du moment qu'ils s'éclatent, cela me convient.

– C'est d'accord. Je suis à ta disposition.

Ophélie tire la tronche. Elle a sûrement peur d'abîmer ses beaux vêtements. Moi, je me suis habillée cool pour le voyage : tee-shirt Nekrozis, Converse, jean. Je suis prête à barouder en forêt.

Jason semble satisfait.

– Super ! Je vais vous montrer le hangar à outils.

On le suit encore. Je n'ai pas fait très attention, mais les autres ont l'air plutôt sympas. Ce ne sont pas du tout les cassos auxquels je m'attendais.

Déjà, sur un groupe de huit, la proportion de garçons et de filles est équilibrée.

Ensuite, ils ont des têtes de gens normaux. Pas de looks borderline, pas de scarifications apparentes. À peine trop enjoués à mon goût.

Je suis un peu rassurée.

Jason nous désigne fièrement le râtelier chargé de haches, de pioches, de pelles, de vilebrequins et d'autres outils dont je ne connais ni l'usage ni l'appellation. Je note surtout qu'aucun n'utilise de prise. J'en fais la remarque à Jason qui se marre.

– Bien sûr. Nous sommes au milieu de nulle part ici. On n'a ni l'eau courante ni l'électricité. Pourquoi crois-tu qu'il nous a fallu deux mois pour défricher le terrain ?

C'est moi ou Ophélie se décompose au fur et à mesure ? La petite fille des villes risque de passer des moments difficiles au fin fond de la Lozère. Je me félicite d'avoir déjà expérimenté les vacances à la dure, même si je le dois entièrement à mon vieux.

Jason me file une pioche, confie une pelle à Ophélie et nous invite à le suivre. Il nous montre une rangée de fosses.

– Ce sera l'enceinte du camp. On doit y planter des poteaux pour ensuite accrocher du grillage. Est-ce que vous pouvez vous charger du dernier trou ?

– Bien sûr !

– Bon, il faut creuser sur environ un mètre de profondeur.

– Pas de problème.

Dès qu'il s'est éloigné de quelques pas, Ophélie me lance un regard venimeux.

– Tu as fini de fayoter ?

– De quoi tu parles ?

– Tu le sais très bien. Depuis le début, tu cherches à jouer les filles cool.

– Et c'est interdit par ta religion ?

– Va te faire foutre !

Sympa, l'ambiance ! On se met malgré tout au boulot. Ophélie n'est pas d'une grande aide. Elle manipule sa pelle comme s'il s'agissait d'enfourner des pizzas.

Moi, je frappe une terre pleine de cailloux. J'en ressens des vibrations à chaque fois que la pointe de ma pioche en heurte un.

Au bout de cinq minutes, j'ai des ampoules plein les mains.

Jason revient et j'ai un choc : il a tombé le tee-shirt pour mieux travailler. Et je dois dire qu'il pourrait tourner dans les suites de *300* avec un torse pareil ! Ophélie l'a remarqué aussi : elle ouvre des yeux de chèvre morte. Moi, j'en serais plutôt à pousser des hurlements comme le loup de Tex Avery. Mais je me retiens. Il ne doit pas être très adroit parce qu'il a plusieurs sparadraps collés sur les bras et les hanches. Mais ces blessures de guerre ne l'en rendent que plus sexy.

Lui s'approche de moi, tranquille, détendu. Il me prend la main et je frissonne de nouveau. Cela fait décidément trop longtemps que je n'ai pas vu Jérémie...

– Tu es blessée !

– C'est rien. Je manque d'entraînement, c'est tout.

En même temps, j'ai honte de l'attention qu'il m'accorde. Et puis, je ne devrais pas être aussi troublée par ce simple contact. Pourtant, je dois me faire violence pour me rappeler que j'ai un copain et que je suis amoureuse.

J'en suis là de mes réflexions quand mon portable se met à sonner. Je sursaute et regarde qui m'appelle. C'est Jérémie.

Quand on parle du loup...

4

J'adresse un regard d'excuse à Jason et je m'éloigne de quelques mètres.
– Jerem ?
Oui, maintenant, il a un petit nom. Bon, je l'emploie surtout quand j'ai un truc à lui demander ou bien quand j'ai commis une bourde.
J'entends sa voix qui me parvient de Budapest.
– *Lana ? Tout va bien ?*
– Bah, oui. Pourquoi ça n'irait pas ?
– *Tu devais m'appeler en arrivant. Vous n'êtes toujours pas là-bas ?*
La culpabilité me prend à la gorge. Avec la découverte du camp, j'ai complètement oublié mes bonnes résolutions. Du coup, je contre-attaque :
– Dis donc, tu n'es pas ma mère !
Je n'ajoute rien parce que je me rends compte que j'avais promis de lui passer un coup de fil à elle aussi. À cette heure-là, elle doit encore être dans son vol pour Casablanca. Je lui enverrai un SMS.

Ma réplique ne suffit pas à énerver Jérémie.
– *Bon, alors, comment ça se passe sur place ?*
– Pas grand-chose. Je viens juste de débarquer.
– *Raconte toujours.*

Comme il insiste, je lui décris le voyage, l'excellente surprise préparée par mon reup et le camping de fortune. Étrangement, j'ai tendance à enlever de mon récit tous les éléments qui m'ont fait tiquer : l'arrière occulté de la camionnette, le coup des ados perturbés, la violente dispute d'Ophélie avec ses parents.

Intérieurement, je commence à penser que ce voyage ne démarre pas sous les meilleurs auspices.

– *Si je résume, tu es au milieu de nulle part, sans eau ni électricité, avec des gens que tu ne connais pas et qui vivent en vase clos.*

– Vu comme ça, ça a l'air bizarre mais…

Il m'interrompt.

– *Comment s'appelle ton stage, au fait ?*

Je n'ai aucune raison de le lui cacher. Pourtant, les mots ont du mal à passer mes lèvres :

– Firmitas.

Il ne réagit pas mais je sais qu'il est en train de pianoter sur son clavier pour glaner toutes les infos possibles et imaginables sur le sujet. Parfois, lors de nos conversations Skype, il y a de longs blancs comme celui-là. Au début, ça me rendait folle puis je me suis habituée.

Comme le silence s'attarde un peu trop à mon goût et que je sens le regard insistant de Jason et Ophélie dans mon dos, je le tire de ses recherches.

– Dis, tu penses passer en revue toute la Toile ?

– *Firmitas est le premier principe d'architecture selon Vitruve... Non, c'est pas ça...*

Je soupire.

– Je te rappelle que je paie aussi cette conversation, ça va nous coûter un bras.

– *Attends. Stages Firmitas. Je les ai !*

Je ne comprends pas pourquoi ça lui tient tellement à cœur. Depuis le début le plan de mon dabe lui déplaît et il a de bonnes raisons pour cela. Pas besoin d'en inventer d'autres.

– *C'est louche...*

– Qu'est-ce que tu entends par là ?

– *Ça fait secte, cette histoire.*

– Tu le vois depuis une simple page Internet ?

– *Écoute ça : « L'avenir appartient aux enfants-horizon. Certains se démarquent par un ensemble de traits psychologiques nouveaux ou inhabituels, qui ne sont pas encore étayés par des documents. Ce phénomène unique oblige parents et éducateurs à revoir et à modifier leurs méthodes d'éducation afin d'offrir une vie équilibrée et harmonieuse à ces enfants du prochain millénaire et de les aider à réduire leur sentiment de frustration. Les stages Firmitas permettent d'accompagner les parents de ces enfants-horizon qui sont la preuve vivante d'une évolution de l'espèce humaine. »*

– Il n'y a rien de super choquant là-dedans...

Je me voile la face, je le sais. À un autre moment, ces mots m'auraient fait bondir.

Cependant, j'ai besoin que tout se passe bien. Je refuse que Jérémie s'inquiète. Et puis, j'ai peut-être envie de rester un peu plus longtemps avec mon vieux. Ou avec Jason.

— *Ce n'est pas tout. Il y a aussi sur le site des articles aux titres bizarres : « Les enfants-horizon sont-ils plus éveillés que nous ? » ; « Doués ou dérangés ? » ; « La spiritualité des enfants-horizon » ; « Le conformisme est-il salutaire ? »… Ils posent des questions mais les réponses sont claires dès le départ.*

— Tu es sûr de ne pas exagérer ?

J'entends presque les touches de son clavier.

— *Ah !*

— Quoi ?

— *C'est bien ce que je pensais. Les stages Firmitas sont mentionnés dans le rapport annuel de la Miviludes !*

— Qu'est-ce que c'est que ce truc ?

— *La Mission interministérielle de vigilance et de lutte contre les dérives sectaires. Ils signalent la proximité de Firmitas avec une secte baptisée Oïkoumène.*

— Jamais entendu parler.

— *Moi non plus. En tout cas, Firmitas est accusé de dénigrer les parents d'adolescents à problèmes, notamment en insistant sur le risque de suicide si les parents ne se soumettent pas à leurs conseils.*

Tout cela me fatigue. Je passe une main sur mon front.

— Effectivement, ça fait froid dans le dos. Mais ce n'est pas une raison pour s'affoler. Je ne suis pas débile. Je saurais reconnaître un gourou d'un animateur de centre aéré !

– *Est-ce que tu en es sûre ?*
Sa question me glace.
– Tu deviens insultant, là.
– *Non, tu ne comprends pas ce que je veux dire. On a traversé des moments pénibles tous les deux. Tu es peut-être dans un état de fragilité qui correspond justement à ce que ces gens-là recherchent...*
Sa voix trop calme ne fait que décupler ma colère.
– Et mon reup, il est débile aussi ? C'est lui qui a choisi ce stage après tout ! J'en ai marre que tu me maternes comme si je n'étais qu'un bébé. Je peux me débrouiller toute seule. Je n'ai pas besoin de toi !
J'ai parlé trop fort. Plusieurs personnes ont levé la tête vers moi avec étonnement.
Je m'éloigne encore de plusieurs mètres. Presque aussitôt, la liaison devient mauvaise. Il y a de la friture sur la ligne et seul un mot sur deux me parvient.
– *M'entends... ?*
– Oui, mais je te reçois très mal. Ça va sûrement couper.
– *Tu veux... te rappelle ?*
– Non, je crois qu'on s'est tout dit pour le moment.
Il y a un silence ponctué de grésillements.
– *Pense... ta mère au courant... Je suis sûr... oubliée aussi...*
Je raccroche rageusement.
Il m'énerve quand il a raison.
Je refoule les larmes qui me montent aux yeux. C'est la première fois que je me dispute ainsi avec Jérémie.

Je préfère ne plus y penser car les mots que j'ai prononcés me rappellent ceux de ma mère quand elle s'engueulait avec mon dabe.

J'essuie mes cils humides, je respire un bon coup et je fais de nouveau face au camp.

Pendant ma conversation téléphonique, les autres ont eu le temps de planter les poteaux dans leurs trous et ils sont occupés à verser du béton pour les fixer. Sans bétonnière, ça n'a pas dû être une partie de plaisir à mélanger. Je reviens vers eux en affectant le détachement, même si je vois qu'Ophélie est pratiquement collée à Jason.

— J'ai raté quelque chose ?

— On a presque fini. Il suffit d'attendre que le ciment prenne. Demain, on pourra attacher le grillage.

Jason désigne mon smartphone.

— Tu as de la chance d'avoir obtenu une communication. Ici, il n'y a pratiquement pas de réseau. La Lozère n'est pas dans les régions prioritaires pour les opérateurs…

— Oui, mon appareil est spécial, c'est mon copain qui…

Je me mords les lèvres. D'accord, Jérémie s'est débrouillé pour amplifier, je ne sais comment, la réception du téléphone, mais j'aurais préféré que Jason me croie célibataire. Encore un peu.

D'ailleurs, ma bourde a fait une heureuse : Ophélie sourit de toutes ses dents. Pour elle, je suis une rivale écartée. Décidément, ça va mal. Je suis trop épuisée et trop sur les nerfs pour réfléchir correctement.

Je demande à tout hasard :

– Il reste du boulot ?
– Non, on arrive au bout.
– Bon, je vais m'installer alors.

Je retourne auprès de mon vieux qui a déjà mis en place toutes nos affaires. Mais je ne vois les miennes nulle part.

– Où est ma valise ?

Il lève des yeux penauds vers moi.

– Je n'y ai pas touché. Je l'ai juste posée là-bas.
– Pourquoi est-ce que tu as fait ça ?
– Eh bien, le règlement du camp stipule que les parents et les enfants... enfin, les adolescents, sont séparés en deux zones.

Je n'en reviens pas.

– Et tu as dit oui à ces conneries ?
– Si on veut que le stage soit efficace, on a plutôt intérêt à suivre les directives, non ? Ils savent ce qu'ils font. Regarde ces jeunes : ils ont l'air bien dans leur peau.

Je me tourne vers le groupe au moment où Ophélie éclate d'un grand rire vulgaire. Le genre de rire qui envoie le signal aux garçons que l'approche est possible. Je grommelle :

– C'est sûr, ils ont l'air en pleine forme, eux.

Une heure après, je me suis installée dans la partie est, près d'une rangée de hêtres, celle qui est réservée aux jeunes, tandis que les parents sont placés à l'exact opposé.

D'ailleurs, à part ceux d'Ophélie et mon reup, il n'y a aucun adulte visible. Je suis curieuse de voir le fameux Victor quand il daignera enfin se montrer.

Ma tente individuelle est confortable même si elle sent un peu le renfermé et la fumée. J'ai sorti un minimum de fringues. Pour le reste, ça attendra. J'ai remis la douche à demain puisque, à ce que j'ai compris, on doit se laver dans la rivière toute proche.

Là, c'est au-dessus de mes forces.

Au milieu du camp, un grand feu a été allumé à la tombée de la nuit. J'entends les branches craquer dans les flammes et des bruits de conversation. Je pourrais les rejoindre mais je n'ai pas le cœur à ça.

Je laisse juste le zip ouvert et, assise, je regarde de loin les ombres noires dans les lueurs d'incendie.

Soudain, une silhouette se dresse devant moi. Je pense un instant que mon dabe a bravé les interdits pour me souhaiter bonne nuit mais je reconnais bientôt Jason.

– Comment ça va ?

– La dispute avec mon copain ? Oh, j'avais déjà oublié, c'est rien.

– Euh, je pensais à tes ampoules aux mains.

Heureusement que je suis à moitié dans l'obscurité parce que je pique un fard monstrueux. Une fois de plus, je me suis trahie. Ce garçon me fait perdre mes moyens. Et encore, là, il a remis le haut.

Je lui montre mes paumes endolories. Il s'accroupit pour les examiner.

– Attends, je vais t'arranger ça.

Il prend mes mains dans les siennes et passe un coup de langue dessus. Je réprime un mouvement de recul.

– Qu'est-ce que tu fais ?

– Il y a dans la salive des agents naturels qui permettent de désinfecter les plaies et d'accélérer la cicatrisation.

– Je ne savais pas...

– C'est le but de ce stage. Se débarrasser des mauvaises influences de l'extérieur, apprendre à être autonome et à mettre à distance les parents.

Son discours me rappelle aussitôt les mises en garde de Jérémie. Mais Jason n'insiste pas. Il se redresse et me demande :

– Tu te joins à nous ?

– Non, merci, je n'ai pas très faim. Le trajet en voiture m'a un peu barbouillée.

– Comme tu veux.

J'apprécie qu'il me laisse tranquille.

Je reste encore un moment à regarder les autres s'amuser. Mais à force de voir Ophélie se ridiculiser pour plaire à Jason, je finis par me retirer sous ma tente.

Couchée sur le dos, je m'efforce de ne pas penser à Jérémie et aux horreurs que j'ai pu lui dire. Je le rappellerai bientôt et on s'expliquera.

Sur ces bonnes résolutions, je m'endors.

J'ai l'impression d'avoir fermé les yeux quelques secondes à peine quand je suis réveillée par des éclats de voix.

On hurle juste à côté et je reconnais la voix d'Ophélie.

5

Le timbre de la jeune fille monte dans les aigus, à croire qu'on l'écorche.

Hagarde, je sors de ma tente en me prenant les pieds dans la bande inférieure qui marque l'entrée. Je me vautre à moitié.

Par chance, je me suis endormie tout habillée et mon jean me protège les genoux.

J'observe partout autour de moi. Il règne une noirceur totale. Non, le ciel est piqueté d'étoiles totalement invisibles dans ma banlieue ordinaire. J'ai presque envie de laisser Ophélie à ses histoires pour admirer la voûte céleste.

Mais les cris reprennent, hystériques. Ça a l'air grave.

Je me redresse. Mes yeux maintenant habitués à l'obscurité me guident vers un groupe de silhouettes qui s'agitent du côté du foyer. Les braises rougeoient encore comme des taches lumineuses au milieu des cendres grises.

Je m'approche. D'autres voix me parviennent, plus graves, plus posées.

Je reconnais d'abord celle de Michel qui s'efforce de calmer sa fille. Il y vibre une certaine inquiétude. Et puis, Jason est là aussi avec ses accents chauds. La dernière m'est inconnue.

– Allons, Ophélie, ne te mets pas dans un état pareil...

– Lâchez-moi! Je veux me tirer d'ici!

Le nouveau venu est rassurant :

– Bien sûr, bien sûr, tu peux t'en aller quand tu veux. Mais tu ne vas pas cavaler dans la campagne à cette heure-ci, en pleine nuit. Tu es d'accord?

Ophélie pousse un cri. Elle semble incapable d'entendre raison. D'où je suis, j'aperçois le blanc de ses yeux roulant dans leurs orbites. On dirait une belle crise de nerfs.

Qu'est-ce qui a pu la mettre dans cet état? Je regarde son père. Il paraît bien embêté. De temps à autre, il tend la main pour retenir sa fille qui déambule comme une furie. Il bredouille :

– Je ne comprends pas ce qu'elle a...

Je m'intéresse au troisième homme.

Il ressemble un peu à Jaime Lannister de *Game of Thrones* avec ses cheveux blonds mi-longs, sa barbe de trois jours et son air légèrement insolent.

Au lieu de courir après Ophélie, il se tient tranquille et droit, les bras croisés. Jason, à côté de lui, s'efforce de l'imiter même s'il ne possède pas sa décontraction nonchalante.

Je remarque qu'il n'ouvre la bouche qu'au bon moment, quand Ophélie peut l'entendre. À la différence de Michel dont la moitié des interventions sont rendues inaudibles par les cris de sa fille.

Cette ambiance me déplaît profondément. Ophélie doit traîner de sacrés bagages pour se donner en spectacle à ce point. J'ai même l'impression de lui voir de la bave aux lèvres. Elle tourne en rond de façon si désordonnée que j'ai peur qu'elle tombe et se fasse mal.

Ses hurlements ont fini par réveiller tout le campement. Les gens sortent des tentes, les yeux flous. On cerne la folle furieuse.

Jason se penche vers son voisin.

– Qu'est-ce qu'on fait, Victor ?

Alors, c'est lui le maître des lieux ? J'aurais dû m'en douter mais l'heure n'est pas vraiment propice aux exercices de réflexion. Le dénommé Victor a un geste tranquille. Il avance d'un pas.

– Allons, écartez-vous, s'il vous plaît. Laissez Ophélie respirer.

Aussitôt, le cercle s'élargit.

– Toi aussi, Michel.

Le père obéit à contrecœur. Il rejoint sa femme qui est arrivée entre-temps, et assiste, impuissant, à la suite des événements. D'un mouvement du menton, Victor fait signe à Jason de s'avancer.

Le garçon va à la rencontre d'Ophélie. C'était bien joué car, dès qu'elle le reconnaît, elle se jette dans ses bras en sanglotant. Même dans son état, elle n'aurait jamais manqué cette occasion !

– Viens, je t'emmène près de la rivière. Tu vas pouvoir te rafraîchir.

Le couple s'éloigne et le silence revient. On n'entend plus que les cigales ou les grillons qui émettent leur chant nocturne. Victor promène un regard circulaire sur le camp.

– L'incident est clos. Allez vous recoucher. Demain, nous aurons du travail. Soyez en forme.

Tandis que le groupe se disloque, il arrête les parents d'Ophélie.

– Alors, que s'est-il passé ?
– Je suis juste allé voir si ma fille allait bien.

Le père me semble drôlement sur la défensive. Victor s'étonne :

– Au beau milieu de la nuit ?
– Elle n'a pas l'habitude de dormir seule. Souvent, quand on est à la maison, elle fait des cauchemars et on doit la rassurer.

– Je comprends tout à fait votre démarche et je la respecte. Mais j'ai l'impression que vous n'avez pas choisi la meilleure option pour montrer à votre enfant que vous l'aimez.

Il le prend par l'épaule et l'emmène avec son épouse, si bien que je dois marcher derrière eux pour capter leur conversation.

– Voyez-vous, je n'ai pas eu besoin d'observer votre fille longtemps pour voir qu'elle fait partie de ce que nous appelons les enfants-horizon.

Le visage de la mère s'éclaire quand elle se tourne vers Victor.

– C'est vrai ? Vous en êtes sûr ?

– Évidemment. De toute façon, si vous avez rejoint ce camp d'été, c'est que vous en aviez déjà l'intuition. J'imagine que, depuis toute petite, Ophélie agit comme si elle était une petite reine, qu'elle a du mal à accepter votre autorité sans explications, que sa créativité la pousse à rejeter les rituels et la routine.

– On dirait que vous la connaissez depuis toujours !

Victor penche la tête, modeste.

– Ce sont les traits caractéristiques des enfants-horizon que je viens d'énumérer devant vous. La grande sensibilité de ces jeunes, leur énergie inépuisable, sont souvent un frein à l'apprentissage car ils s'ennuient facilement et possèdent une concentration fluctuante. Des études très sérieuses ont prouvé qu'ils étaient souvent surdoués et montraient des aptitudes intellectuelles remarquables.

Je suis tout ouïe.

Par moments, j'ai l'impression qu'il brosse mon propre portrait. Je me retrouve dans la plupart de ces détails : mon refus des règles, ma sensibilité, mon dynamisme en général, mon ennui en classe et mes difficultés scolaires.

Bon, je n'irai pas jusqu'à me prétendre super intelligente mais, si quelqu'un l'affirme, je ne vais pas le contredire !

Victor n'a pas fini son discours. Il s'arrête soudain et fixe ses interlocuteurs.

– J'imagine que, depuis des années, vous avez tenté de lui imposer des limites. Mais vous avez manqué de flexibilité et c'est normal. Vous l'avez vue bébé puis fillette, il vous est difficile de la traiter en égale, comme une adulte. D'une certaine manière, en raison de malentendus, vous vous êtes comportés de façon irrespectueuse envers elle et vous avez perdu sa confiance. Vous l'avez déçue, autant qu'elle vous a déçus.

La mère est suspendue à ses lèvres, éperdue d'admiration.

– Que pouvons-nous faire ?

– Il n'est pas trop tard pour que la situation s'arrange. Vous avez eu raison de nous réclamer de l'aide. Ce stage existe depuis trois ans maintenant et s'appuie sur de nombreuses expériences similaires menées dans le monde entier. Nous avons l'habitude de ce genre de cas. Mais, pour que le stage soit un succès, vous devez prendre de la distance, vous retrouver de votre côté, réfléchir sur vous-mêmes, sur vos méthodes d'éducation. Ensuite, vous pourrez rebâtir une relation de confiance avec Ophélie.

Les parents échangent un regard indécis.

– Il faut qu'on s'en aille ?

– Parfois, il vaut mieux raser une maison qui n'a pas été construite sur des fondations solides, afin de la rebâtir, plus résistante que jamais. Vous noterez que les parents des adolescents qui sont ici nous font confiance. Ils sont repartis. Certains nous ont même envoyé directement leurs enfants. La plupart des jeunes que vous avez rencontrés sont déjà venus deux ou trois étés. Ce sont des habitués.

Les paroles rassurantes de Victor ont des pouvoirs presque hypnotiques. Même moi, quand je l'écoute, j'ai envie d'aller chercher mon vieux et de lui dire de dégager vite fait.

Pourtant, je n'arrive pas à me débarrasser d'un sentiment de gêne. Tout cela est un peu trop beau pour être vrai.

Tout en réfléchissant, je m'aperçois que les parents d'Ophélie sont retournés dans leur tente. Victor a pivoté vers moi, il me fixe en souriant.

Surprise, je sursaute.

– Oh, vous m'avez fait peur !

– Tu dois être Lana. Jason m'a prévenu que tu étais arrivée aujourd'hui.

Je n'ai rien à lui répondre. Ses yeux clairs semblent transpercer la nuit.

– Nous avons déjà eu le plaisir de recevoir ton père qui nous a parlé de toi. Il paraît que tu as traversé des moments difficiles. J'avais vu des articles sur le fameux « scandale du soufre » mais les photos ne te rendent pas justice. Tu es bien plus éclatante en vrai.

Je bredouille un remerciement.

J'ai l'impression que ce type me sonde l'âme. Le meilleur mot qui me vient pour le décrire est : charismatique. Difficile de ne pas le croire quand il s'adresse à vous.

– C'est bien que tu sois venue ici. Même si j'aurais souhaité que tu en profites pour sortir davantage du milieu familial qui peut être étouffant. Nous en discuterons avec ton père.

Je me sens partagée. D'un côté, je préférerais passer du temps avec des jeunes de mon âge. De l'autre, je n'ai pas vu mon daron depuis deux ans et je n'ai pas envie de gâcher cette chance de renouer, comme il dit.

Victor respecte mon silence.

– Excusez-moi, je réfléchissais...

– Tu es ici pour cela. Si tu le veux bien, demain, nous aurons un petit entretien tous les deux afin de déterminer comment t'aider au mieux à traverser cette mauvaise passe.

Sur ces mots, il me souhaite bonne nuit et s'éloigne. Je remarque qu'il ne se pose pas dans le quartier des adultes, mais qu'il rentre dans l'espèce de chalet.

Une fois seule, je ressens brusquement la fatigue. Il est vraiment tard. Je retourne dans ma tente et me couche.

Pour l'instant, rien ne se passe comme je m'y attendais. Je garde une impression mitigée de ces premiers moments. Je suis sûre de trouver une oreille attentive auprès de Victor et Jason. Mais l'ambiance demeure étrange.

Sur ces pensées, je me sens glisser doucement dans le sommeil.

Cependant, un bruit de frottement m'empêche de m'endormir complètement. Je me tourne sur le tapis de sol trop fin qui peine à adoucir les reliefs du terrain.

Le son se poursuit. Qu'est-ce que ça peut être encore ? Je ne vais jamais pouvoir roupiller tranquille !

Je me redresse, prête à crier sur la personne qui rôde dans le coin. La fermeture éclair se déplace soudain toute seule ! Je la vois remonter avec un sentiment de terreur croissant.

Incapable de hurler, je recule sur les coudes.

Quelqu'un appuie contre l'ouverture. Une truffe apparaît, suivie de crocs luisant dans l'ombre.

Des yeux jaunes…

Je suis tétanisée.

Un loup est en train de pénétrer dans ma tente !

6

Je tente de fuir mais mes mouvements sont maladroits. Mon corps ne m'obéit plus. Quand j'essaie de balancer un coup de pied dans la gueule du prédateur, je n'y mets aucune force.

Maintenant je distingue son poil blanc. La scène m'est à la fois étrange et familière.

– Lana ?

Mon cœur manque s'arrêter dans ma poitrine. Où va-t-on si les loups se mettent à parler ? Surtout avec la voix de Jason !

Mes yeux finissent par s'ouvrir. Avec soulagement, je constate que l'entrée de la tente est toujours fermée. Il y a juste une main qui secoue les arceaux.

– Réveille-toi, il est tard.

D'habitude, je serais furieuse d'avoir été réveillée en vacances. Là, ça tombe plutôt bien. Je reste quelques secondes immobile, le temps que mon rythme cardiaque se calme.

Mon reup ne pouvait pas le savoir mais il m'a emmenée au pire endroit au monde pour moi en ce moment. Depuis la prise d'otages dans mon lycée, je fais des cauchemars avec des loups, presque chaque nuit.

C'est pour cette raison que je n'en menais pas large dans la boutique de l'autoroute, hier.

Oui, parce que nous sommes proches de la région du Gévaudan et de sa fameuse Bête, un animal géant qui a dévoré des dizaines de personnes. Du coup, il y a des images de canidés dans tous les coins. Cela ne va pas contribuer à améliorer mes nuits…

Je me lève finalement, aussi chiffonnée que mes vêtements, et j'ouvre d'abord le zip en U de la chambre intérieure, puis le zip vertical du double toit.

Je ne m'étais pas trompée, Jason est là qui m'attend devant l'auvent du double toit.

– Eh bien, tu n'as pas le sommeil léger, au moins.

S'il savait ! Bonne joueuse, je réponds à son sourire et m'extrais du dôme. Il est encore très tôt : le soleil est à peine levé et on ne sent pas encore la chaleur qui vient.

Cette fois, je décide de prendre mes repères dans le camp, ce que je n'ai pas eu le temps de faire à l'arrivée.

Le terrain se présente comme un grand carré d'environ trente mètres de côté. Vers le sud, il y a la route. Deux rideaux d'arbres flanquent l'est et l'ouest. Quant au nord, il est plus dégagé et j'entends les murmures de la rivière.

Le chalet occupe à peu près le milieu du quadrilatère. C'est une bâtisse imposante faite de gros rondins de pin sylvestre.

Dans le quartier est où je me trouve, c'est la zone des tentes, alignées dans un ordre presque militaire. Elles ont toutes la même forme arrondie et arborent des couleurs allant du vert au marron, se fondant parfaitement dans le décor.

Près de la route, on trouve le petit local à outils et la zone des adultes, un peu comme si on les poussait vers la sortie.

Simultanément, je remarque deux détails importants.

D'abord, il n'y a pas de toilettes. Il va falloir y aller à la sauvage.

Ensuite, les parents d'Ophélie ont déjà mis les bouts. Leur emplacement est vide. Il ne reste plus que celui de mon dabe. Victor a su se montrer convaincant.

Je me rends compte que Jason m'observait tout au long de mon examen.

– Laisse-moi le temps de me coiffer. Je ne dois ressembler à rien.

– Pas du tout, tu es magnifique.

Le vil flatteur! Je décide quand même de le croire tout en me déportant vers la rivière. Armée de mes affaires de toilette, je descends du côté du murmure liquide.

Il y en a déjà qui sont au boulot et qui vérifient que les piliers plantés la veille tiennent bien. On va bientôt se transformer en camp fortifié si ça continue...

Je suis le sentier et j'aperçois un superbe cours d'eau qui s'étire au milieu des cailloux et des hautes herbes. Malgré la fraîcheur relative du matin, j'aurais presque envie de me baigner.

En attendant, je trempe ma brosse dans le courant et je lisse un peu ma chevelure. Il me reste encore quelques rares pointes plus pâles, derniers souvenirs d'une décoloration héroïque.

Je profite de mon reflet dans l'eau pour vérifier que je ne ressemble pas trop à un épouvantail.

Bon, ça va à peu près.

Je m'éloigne du bord et reviens vers le camp qui ne se situe qu'à une centaine de mètres. Les insectes commencent à striduler comme des furieux et je dérange des tas de sauterelles multicolores qui bondissent sur ma route.

Quand j'arrive aux tentes, les forcenés ont entrepris de placer un long grillage sur les poteaux. Ils les attachent avec des colliers de serrage en plastique, renforcés par des clous cavaliers. L'un d'eux se coince le doigt et pousse un cri de douleur. Il s'écarte tandis que les autres poursuivent leur tâche. Ce n'est pas la première fois que je remarque à quel point ces ouvriers improvisés sont maladroits.

Je dépasse les travailleurs, parmi lesquels se trouve une Ophélie très concernée. Elle a l'air d'aller mieux.

– Je me dépêche avant la fermeture définitive !

Ma plaisanterie ne rencontre pas d'écho. Les visages sont concentrés sur leur tâche. Le rouleau de grillage en losange atteint deux mètres de hauteur, dont une partie enterrée, ce qui me paraît exagéré pour se protéger des animaux sauvages. Mais je garde mes critiques pour moi et je repose mes affaires.

Le temps de me retourner, ils ont fini la section nord. Ils avancent vite malgré des gestes assez nonchalants. Et c'est déjà l'heure de la pause petit-déjeuner.

Moi, l'idée de bosser le ventre vide suffit à me bouleverser. Manifestement, ce n'est pas du goût de tout le monde si j'en juge par les regards qu'on m'adresse. Jason abandonne Ophélie pour venir me parler.

– Il faut que tu saches qu'ici, on doit participer aux tâches collectives. On se distribue le travail et ensuite on tourne. Un jour, tu prépares à manger, le lendemain tu ramasses du bois pour le feu, ensuite tu vas chercher l'eau à la rivière. Il y a aussi la vaisselle.

– On ne chasse pas dans vos *Hunger Games* ?

Le garçon a un sourire un peu contraint.

– Tu devrais prendre tout cela au sérieux. Sinon, cela ne marchera pas.

– Mais j'étais sérieuse pour la nourriture !

– C'est Armand qui s'en occupe. Une fois par semaine, il va acheter le nécessaire en ville.

J'imagine qu'il parle de l'homme des bois qui nous a amenés la veille.

– Oh, justement, il me manque des trucs. Je pourrais l'accompagner à son prochain voyage.

Jason tique un peu.

– Ce ne sera pas avant une semaine. Il a fait les courses hier avant de vous prendre…

Je n'insiste pas.

— Tant pis. J'ai quand même le droit de manger ce matin ?

— Bien sûr.

On se réunit autour du feu où bloblote une cafetière. Je pourrais en profiter pour détailler mes compagnons mais la faim me tenaille. Je remets ça à plus tard.

Il y a du beurre et de la confiture à mettre sur les tartines. Je mords dedans à belles dents.

— Comment vous conservez ça au frais ? Vous avez un frigo ?

J'étais juste curieuse mais ma question semble agacer Jason.

— On entrepose les produits périssables dans la rivière. Je te montrerai.

Puis il se tourne vers Ophélie, ravie, pour me signifier que la conversation est terminée.

Tout le monde se tait maintenant. Il faut dire qu'ils doivent être crevés s'ils ont commencé à marner dès le lever du jour.

Même si je n'aime pas trop ça, je partage le café commun. Il a un goût de chiotte et est épais comme de la gelée mais je m'en accommode sans rien dire : je me suis fait assez remarquer avec mes commentaires un peu trop spontanés.

Quand je me lève, je me sens lourde. Le manque de sommeil ne me réussit pas. Si c'est comme cela tous les jours, je risque d'avoir du mal à suivre le rythme.

– Bon, alors, qu'est-ce que je peux faire pour m'intégrer ?

C'est Jason qui me répond une fois de plus :

– Pour l'instant, tu vas discuter avec Victor. Vous aviez prévu ça, non ?

Je dois dire que je suis presque déçue. Je vais encore passer pour la feignasse de service.

– Juste le temps de claquer la bise à mon reup et...

– Tu ne peux pas le faire plus tard ? Victor est très occupé et il a libéré un créneau exprès pour toi.

Je trouve qu'on me force un tout petit peu la main mais, comme je suis prête à faire des efforts pour que tout se déroule sans accroc, j'obtempère.

– Il est où ?

– Au château.

– On cause bien du chalet, là ?

– Oui, pourquoi ?

Je ravale mes plaisanteries. L'humour n'a pas l'air d'être la qualité première de ce camp. Traînant les pieds, je me dirige vers la construction de bois.

Je vois Victor sur le seuil. Dans la lumière rasante du petit matin, ses cheveux blonds scintillent. Je le rebaptise aussitôt Tête-d'Or. Toujours ma manie des surnoms. Quand il m'aperçoit, il affiche un grand sourire.

– Ah, Lana ! Je t'attendais. Viens que je te fasse visiter mon humble demeure.

Nous entrons sous le toit de bois. L'intérieur est plutôt confortable, quoique rustique. Il y a une table et deux chaises, ainsi qu'un matelas par terre. Nous nous asseyons. Un épais rideau masque la fenêtre.

– Je suis heureux que nous puissions enfin discuter tous les deux. Ton père m'a beaucoup parlé de toi. Il participe souvent aux stages pour adultes que j'organise par ailleurs. Il m'a raconté ce que tu avais traversé : tes difficultés, ton redoublement...

Le mot me fait mal. Je m'efforce d'oublier cet échec depuis le résultat de la commission d'appel.

– J'imagine que tu as entendu ce que je disais aux parents d'Ophélie hier soir.

– Oui.

– Eh bien, ce que je leur ai affirmé est également valable pour toi. Je pense que tu es toi aussi...

– Un enfant-horizon ?

Devant mon ton ironique, il balaye le terme de la main.

– L'expression n'a pas d'importance. L'essentiel, c'est que nous puissions t'aider à développer tes capacités au maximum. Et je pense que tes parents n'ont pas réussi à t'offrir un cadre assez rassurant pour que tu réalises ton potentiel. D'où tes résultats scolaires, d'où tes cauchemars...

Je frissonne.

– Qui vous a raconté ça ?

– Ce n'est un secret pour personne. Tu gémissais dans ton sommeil cette nuit. Et c'est une réaction normale face aux événements que tu as vécus. Tu dois voir tout cela, non pas comme une malédiction, mais comme une chance. Nous souhaitons t'aider à te reconstruire de fond en comble. Tu sortiras de ce stage grandie et fortifiée.

On dirait qu'il me débite exactement ce que j'ai envie d'entendre. Je vais m'en sortir. Je ne vais pas traîner ces mauvais rêves toute ma vie. Je ne vais pas croupir en seconde jusqu'à la fin des temps.

– Nous avons besoin de gens comme toi, Lana. Tu es une leader naturelle.

Je pouffe. Il garde son sérieux.

– Je ne plaisante pas. Tu dois simplement en prendre conscience. C'est pour cette raison que je te confie une mission de la plus haute importance.

– Laquelle ?

– C'est toi qui vas t'occuper d'Ophélie.

J'accuse le coup.

– Vous êtes sûr ? Parce que j'ai l'impression d'être aussi paumée qu'elle...

– Je suis certain qu'en te donnant des responsabilités, tu sauras être à la hauteur.

Il jette un coup d'œil à sa montre.

– Maintenant, excuse-moi, d'autres occupations m'appellent. Je vais devoir te laisser.

Je me lève prestement et débarrasse le plancher pour ne pas le déranger. Cette discussion m'a vraiment retournée. C'est la première fois que quelqu'un a l'air de croire en moi. Mes parents m'ont encouragée, d'accord, mais ils semblaient toujours craindre le pire.

Il n'y a peut-être que M. Caton, le proviseur de mon lycée, qui est persuadé que je suis capable du meilleur. En même temps, je lui ai plus ou moins sauvé la vie, alors il n'est pas super objectif.

Occupée par ces pensées, je me dirige vers la zone des adultes. Je suis quand même venue ici pour passer du temps avec mon daron, ce n'est pas pour le laisser tomber dès le premier jour.

Quand je m'approche de son emplacement, une mauvaise surprise m'attend.

Sa tente a été entièrement démontée et il n'y a plus personne !

7

Je reste un moment ahurie, sans pouvoir réfléchir à quoi que ce soit.

Et puis la colère monte. Quoi ? Je me fais violence pour descendre avec mon dabe dans ce trou paumé et lui m'abandonne après moins de vingt-quatre heures sur place ?

Il se paie ma tête ! Je suis vraiment dégoûtée.

Qu'est-ce qui lui a pris ? Quand je pense que j'aurais pu prendre mes vacances avec Jérémie ! Ou avec ma mère !

Je suis trop conne d'avoir accepté. Il me fait le même coup qu'il y a deux ans, quand il a disparu après le divorce. Dès que ça chauffe, il n'y a plus personne.

Pourtant, j'avais l'impression qu'on repartait sur des bases correctes.

Mon premier réflexe est de sortir mon smartphone et de lui passer un coup de fil pour réclamer des explications. Sauf qu'il n'y a de réseau nulle part dans ce trou perdu ! J'ai beau lever mon téléphone, me tourner dans tous les sens, impossible d'obtenir les barrettes nécessaires.

Comment est-ce que j'ai réussi à appeler la dernière fois ? J'ai enfin l'idée de revenir à l'endroit de ma conversation avec Jérémie. Si ma mémoire est bonne, je me trouvais presque en lisière du camp, sur le côté est.

Je m'approche de l'enceinte nouvelle qui est maintenant constituée du fameux grillage. Là, miracle : j'ai un poil de réseau. Je compose rapidement le numéro de mon paternel.

Ça sonne dans le vide un moment.

– *Bonjour, vous êtes bien en relation avec le répondeur de Thomas Blum. Veuillez laisser un message après le bip sonore.*

Évidemment, il n'a même pas allumé son mobile ! Des larmes de rage et de frustration me montent aux yeux. J'ai besoin d'un ami. Mes doigts recherchent le numéro de Jérémie dans le carnet d'adresses.

– Ça va ?

Je me retourne en sursautant. Jason est là. Il remarque les débuts de pleurs suspendus à mes cils.

– Non, mon vieux vient de me lâcher sans me prévenir.

– Ah, oui, il avait l'air embêté de partir sans te dire au revoir mais il pensait que c'était pour le mieux.

– Pour le mieux ?

Devant mon éclat, il recule et fouille dans sa poche.

– Tiens, il t'a écrit un mot.

Je regarde le papier froissé qu'il me tend.

> LANA,
> JE SUIS DÉSOLÉ DE TE LAISSER COMME CELA MAIS J'AI COMPRIS QUE MA PRÉSENCE N'ÉTAIT PAS NÉCESSAIRE. TU ES ENTRE DE BONNES MAINS.
> JE T'EMBRASSE,
> PAPA

Je lis et relis ces trois phrases sans vraiment les comprendre. Il ne précise pas quand il reviendra me chercher ! Je suis coincée ici, moi ! Sans thune, sans bagnole ! Il est gonflé !

Et voilà une nouvelle vague de larmes. Je secoue la tête.

– Ça ne devrait pas m'étonner. Il a tendance à se barrer quand ça ne va pas comme il veut...

Jason se fait rassurant.

– Ne sois pas en colère contre lui. Après tout, les parents d'Ophélie ont pris la même décision...

J'explose :

– Je m'en fous des parents d'Ophélie ! Je suis venue avec mon daron, je voulais passer du temps avec lui ! Deux ans sans le voir !

Je me rends compte alors que cette absence m'a beaucoup plus marquée que je le croyais. J'avais l'impression d'être comme indifférente à tout ça et pourtant cette nouvelle trahison me cause une douleur insupportable.

Le bras de Jason m'entoure les épaules. Instinctivement, je me réfugie contre son torse. Il est chaud, il sent la bruyère et le soleil.

– Lana, on est tous là parce qu'on a des problèmes avec nos vieux. Ils n'ont pas su voir en nous ce que Victor sait voir. Moi, j'étais un habitué des fugues avant de venir ici. Je vivais avec mon père depuis la mort de ma mère et on ne s'entendait plus du tout. On était sans arrêt en train de s'engueuler.

Son cœur bat un peu plus vite.

– Désespéré, il m'a envoyé à ce stage. Et depuis, ça va beaucoup mieux. J'ai demandé mon émancipation afin qu'on ait une relation plus équilibrée. Il a accepté.

Je m'éloigne malgré mon envie de rester collée contre lui. Je ne dois pas me laisser aller.

– Qu'est-ce que ça implique, d'être émancipé ?

– J'ai le droit de faire les mêmes choses qu'un majeur depuis l'âge de seize ans. Je ne peux simplement pas voter ni passer mon permis.

– Ça a l'air cool...

Jason se détache de moi.

– C'est Victor qui m'a indiqué les démarches à suivre. En fait, les parents pensent que leurs enfants leur appartiennent. Mais c'est une erreur. Ils appartiennent au monde. Surtout les enfants-horizon...

– Tu y crois vraiment ?

– Je sais que l'appellation est un peu ridicule mais c'est juste la description poétique d'une réalité scientifique. On est à l'aube d'une nouvelle ère. On va pouvoir changer le monde, Lana !

Il est si convaincu de ce qu'il dit que j'en ai la chair de poule.

– Et tu en es la preuve vivante ! J'ai lu les journaux, j'ai écouté les histoires que ton père a racontées à Victor. Tu as mis au jour un complot international ! Tu as empêché un attentat terroriste ! À quinze ans !

J'essaie de ne pas me monter la tête même si ses compliments me vont droit au cœur.

– Peut-être, mais l'an prochain, j'en aurai seize et je serai en train de redoubler ma seconde...

Jason s'enflamme :

– Justement ! Tu sauves des dizaines de vies et on te reproche des notes trop basses ! Où est la justice là-dedans ? Il est temps qu'on nous reconnaisse à notre juste valeur. Nous avons des talents hors normes.

– Vraiment ?

– Bien sûr. Toi, tu possèdes un courage exceptionnel. Tu devrais voir les dessins d'Ophélie. Quant à Victor, il a connu les mêmes problèmes que nous. Il avait des dons d'architecte que ses parents méprisaient. Maintenant, il mène une carrière internationale.

Je dois avouer que je suis impressionnée.

– Et toi ? C'est quoi, ton « incroyable talent » ?

– Je suis un athlète. Je cours le cent mètres en moins de dix secondes. En fait, je m'entraîne pour le décathlon. Mon coach affirme qu'un jour je serai champion du monde.

Je suis prête à le croire quand je détaille son physique.

– Je ne me savais pas si bien entourée…
– Nous ne sommes pas ici par hasard. Ce n'est pas parce que nos parents n'ont rien réalisé de marquant dans leur vie que nous devons les imiter.

C'est vrai qu'entre ma mère hôtesse de l'air et mon daron assistant aux ressources humaines, je ne viens pas d'une famille de héros. Jason se penche vers moi, l'air complice.

– On arrive en fin de matinée. Pour ceux qui veulent, on organise une séance baignade pour se décrasser un peu. Tu nous rejoins ?

– Le temps d'enfiler mon maillot.

– Ne traîne pas, ce serait dommage de manquer ça !

Du coup, je renonce à appeler Jérémie. De toute façon, je me sens mieux. La discussion avec Jason m'a reboostée et un bon bain me détendra.

Je cours vers ma tente, enfile mon une-pièce, celui que j'ai pris pour éviter les remarques atterrées de mon dabe, et je descends à la rivière, une serviette nouée autour de la taille.

J'ai bien fait de me dépêcher parce que j'entends déjà des bruits d'éclaboussures. Le groupe est concentré à l'endroit où l'eau est la plus profonde. On ne le dirait pas depuis le bord mais il y a deux mètres, facile.

Les gens se tournent vers moi et je ne vois plus d'hostilité dans leurs yeux. Il y en a même qui me détaillent avec envie. Jason prend tout le monde à témoin.

– Je vous demande d'accueillir Lana ! Elle est maintenant comme nous, libérée de ses parents !

Je suis reçue par une salve d'applaudissements qui me font chaud au cœur. Je tombe la serviette et me jette à l'eau, depuis un rocher qui surplombe la rivière. Aussitôt, je sens le froid sur ma peau mais ce n'est pas désagréable. Au contraire.

Par contre, je ne vais pas m'éterniser sous peine d'attraper la crève. Je m'extrais de la flotte et remonte sur la pierre tiède. Là, je fais claquer mes cheveux mouillés dans mon dos comme dans les pubs. J'ai envie de sentir sur moi le regard des garçons. De me rassurer.

En même temps, je ne peux m'empêcher de trouver une fois de plus tous ces sourires exagérés. Comme si on passait un casting de série pour ados.

L'impression s'envole rapidement.

Pendant un moment, je contemple, émerveillée, les jeux de la lumière du soleil sur la surface de l'eau. C'est un véritable arc-en-ciel, des cascades de camaïeux, des kaléidoscopes de couleurs qui se mélangent avec une lenteur hypnotique.

Je m'en arrache avec difficulté après un temps infini.

À cet instant, je me rends compte que je suis à côté d'Ophélie. Elle ne semble plus m'en vouloir.

– Dis donc, tu as de sacrées cicatrices sur la plante des pieds !

– Oui, j'ai marché sur des bouts de verre. Longue histoire…

Elle désigne ma cuisse droite où quelques traits plus clairs zèbrent ma peau mate.

– Et ça ?

– Des éclats de bois. Ça vient d'un piano qui a reçu des balles. Je te raconterai si tu veux.

– Tu as vécu de sacrées aventures !

Elle me fixe avec admiration. Je hausse les épaules, faussement modeste. Elle reprend :

– Jason m'a dit qu'on allait faire équipe, toutes les deux. C'est cool.

Tiens ? Elle n'a pas vraiment eu la même version que moi. Je ne la détrompe pas. On a dû lui présenter les choses différemment pour ne pas heurter sa sensibilité. Bonne joueuse, je lui retourne ses compliments :

– Oui. Et il paraît que tu dessines super bien. Il faudra que tu me montres ça...

– Bien sûr !

Un frisson s'empare de moi. Une partie du rocher est maintenant à l'ombre. Je me lève.

– Je vais me changer et je reviens aider pour le déjeuner.

– Ce ne sera pas difficile. C'est barbecue tous les jours !

J'en ai l'eau à la bouche. Je me dépêche de retourner à la tente. Là, je tombe sur mon téléphone. Je me rhabille vite fait, heureuse d'être enfin propre.

Puis, je me dis que je pourrais prendre quelques secondes pour rappeler Jérémie. Je n'aime pas qu'on reste sur une dispute.

Mais quand je veux allumer mon appareil, il ne répond pas. Je le trouve un peu léger dans ma main.

Et pour cause : il manque la batterie.

8

J'ai un moment de doute. Je soupèse de nouveau mon smartphone. Son poids plume m'effraie, je l'ouvre. Mes craintes se confirment : impossible d'appeler Jérémie !

Je bondis hors de la tente.

– Qui m'a volé ma batterie ?

Quelques personnes s'approchent. Bientôt, Jason fend le groupe et m'interpelle, soucieux.

– Qu'est-ce qu'il y a, Lana ?

– Quelqu'un a fait main basse sur mon portable.

Il secoue la tête.

– Impossible. On ne se vole pas entre nous à Firmitas.

Je lui montre l'appareil.

Il l'examine sous toutes les coutures et me désigne deux trous sur le côté.

– Les vis sont parties.

– Oui, c'est nécessaire pour ôter la coque !

– Je veux dire qu'elles sont peut-être tombées toutes seules et que ta batterie a suivi. Ensuite, tu as refermé ton téléphone machinalement et tu as oublié.

Il me prend pour une conne ou quoi ? Il faut ôter une troisième vis pour déconnecter la batterie. Je le sais pour avoir vu Jérémie s'en occuper. Et puis, je n'ai pas ouvert mon mobile récemment…

Jason insiste :

– Réfléchis. Comment as-tu laissé tes affaires ?

Je me revois rentrant pour me changer. Lançant mon smartphone sur le tapis de sol. Mais il n'aurait pas pu s'ouvrir. J'ai fait attention… J'ai fait attention ?

– C'est malin, maintenant je doute.

Jason reste sérieux.

– Tu vois que personne n'est responsable. Tu nous dois des excuses.

Je le regarde, il ne plaisante pas. Les bras croisés, il attend.

Les autres aussi.

Cette pression collective m'angoisse. Alors, je murmure un vague pardon et ils ont l'air satisfaits.

Ils s'en retournent à leur feu pour le déjeuner. Moi, je commence à me demander si je ne suis pas folle.

Mon comportement m'apparaît de plus en plus étrange. J'ai l'impression d'être ivre.

Je repense à la manière dont je me suis donnée en spectacle au bord de l'eau. Ce n'est pas mon genre de jouer les nymphettes.

Et puis je trouve que ma colère, suite au départ de mon vieux, s'est calmée un peu rapidement. Du coup, je ressors le papier que m'a confié Jason. Je relis les phrases.

Est-ce bien mon reup qui a tracé ces lignes ? J'avoue que je suis incapable de le dire. J'ai oublié son écriture depuis le temps. Même avant son départ, c'était toujours ma mère qui avait l'habitude de me laisser des mots sur la table.

C'est vraiment la louze : je ne connais même pas l'écriture manuscrite de mon propre daron.

Je secoue la tête et me décide à me fondre dans le groupe. Avec ces histoires, je ne vais jamais réussir à m'intégrer. Quitte à passer trois semaines avec eux, autant que ça se fasse dans une ambiance de chaude camaraderie.

Malgré tout, je me sens étonnamment bien. J'ai envie d'être positive et je refuse de me morfondre.

Mes pas m'amènent devant la table sur laquelle se préparent les brochettes. Quelques guêpes et taons volètent autour des victuailles. Étonnée, je me rends compte qu'il n'y a que des légumes : courgettes, poivrons, oignons, tomates, salade et champignons.

– Où est la viande ?
– Ce sont des brochettes végétariennes.

Comme je grimace, la fille qui s'active pour découper les primeurs se sent obligée de m'expliquer :

– Nous ne sommes pas des loups. Si on veut laisser la sauvagerie hors de soi, on doit se comporter en personnes évoluées.

J'ai encore raté une occasion de me taire. Je m'efforce de ne pas penser à la tradition d'élevage de l'Aubrac et des steaks que nous préparait mon dabe à la poêle. La fille sent ma déception.

— Mais j'ai fait mariner du tofu dans de l'huile d'olive avec du curry et du paprika. Tu verras, c'est délicieux.

— OK. Je peux t'aider... euh ?
— Je m'appelle Eunice.
— Et moi Lana.
— Tu viens d'où ?
— De Villejuif.

Elle sourit tandis que nous nous affairons pour enfiler les morceaux de légumes sur les broches.

— Non, je veux dire, tu es originaire de quel pays ?
— Je suis française mais ma mère est née au Maroc. Et toi ?

Elle montre sa peau cuivrée.

— Née à Courcouronnes, mais originaire de Martinique.

— Et comment as-tu atterri ici ?

Eunice soupire.

— Mes parents appartiennent à une Église pentecôtiste, appelée Église de Réveil. En arrivant en métropole, le pasteur était très autoritaire et notre vie s'est transformée en cauchemar. Mes parents sont restés coincés là-dedans. Moi, j'ai rencontré Victor et j'ai réussi à m'en sortir. Je suis maintenant émancipée.

Je hoche la tête, impressionnée, même si cette mode de l'émancipation me paraît assez louche.

Mais bon, je dois me faire des idées. Après tout, Eunice a sans doute été sauvée par Firmitas.

Jason nous rejoint à ce moment.

– Ah, je vois que vous avez fait connaissance. Si vous êtes prêtes, les braises le sont aussi.

On porte les brochettes sur le feu. Tout le monde se réunit. Bientôt de bonnes odeurs de grillades montent dans l'air. Je me laisse porter par cette ambiance de pique-nique de jeunes.

Dès que c'est cuit, j'attrape une tige de bois, goûte aux légumes fumants et juteux. Eunice avait raison : le tofu rend très bien. Par contre, les champignons séchés sont super amers. J'en mâchonne un ou deux avant de les recracher.

– Quelque chose ne va pas ?

Jason semble inquiet.

– J'ai l'impression que ça a un peu ranci.

– Tu les as peut-être trop fait cuire. Tu devrais les manger quand même. Fais-moi confiance, ils sont pleins de bonnes choses.

Je goûte une deuxième brochette moins flambée sans percevoir de différence. Me fiant néanmoins à Jason, j'avale le tout. L'amertume s'oublie assez vite au milieu du reste.

J'attaque ma troisième portion quand je surprends le regard d'Ophélie sur moi. Elle est assise de l'autre côté du feu et me fixe à travers la fournaise.

Pendant un instant, dans l'air vibrant de chaleur et de fumée, j'ai l'impression qu'elle a de nouveau un air méchant. Peu à peu, je comprends que ses traits expriment de la peur.

Je l'interroge en silence mais nous sommes trop éloignées. Alors, je me lève et me dirige vers elle. J'ai dû me redresser trop vite parce que j'ai la tête qui tourne. Heureusement, le vertige ne dure pas.

Je m'assieds à côté d'elle et lui tends une brochette.

– Non, merci. Je n'ai plus très faim.

Décidant de ne pas attaquer bille en tête, j'aborde de biais le sujet qui m'intéresse :

– Tu te sens mieux depuis que tes parents sont partis ?

– Évidemment !

Sa réponse me paraît un peu trop rapide pour être complètement sincère.

– Qu'est-ce qui ne va pas avec eux ?

Elle hausse les épaules.

– Vaste question. Mais l'adoption ne doit pas aider.

– Tu le sais depuis quand ?

– Tu m'as bien regardée ?

Je reformule ma question maladroite :

– Je veux dire : depuis quand ça pose un problème ?

– Aucune idée. C'est venu lentement. Mes parents sont allés me chercher en Corée quand j'avais trois ans. J'ai tout oublié de mon enfance là-bas. On n'en a jamais parlé. Il n'y a que depuis deux ans que j'ai commencé des recherches sur mes parents biologiques. Quand mon père l'a découvert, il est entré dans une colère noire.

– C'est ça qui déclenché le coup de volant sur l'autoroute ?

– Non, on s'engueulait comme d'habitude. Je ne voulais pas participer à leur stage pourri. Je lui ai sorti qu'il n'était pas mon père et qu'il ne le serait jamais...
– Ouah, c'est brutal !
– Je ne le pensais pas. Mais il m'avait tellement énervée !

On se tait un moment, les yeux perdus dans les flammes qui prennent des teintes étranges où le bleu se mêle au jaune, avec des reflets verdâtres. J'en viens à me demander si je ne suis pas en train de faire une insolation parce que les couleurs dansent follement.

Pour me détacher de cette fascination, je me tourne vers Ophélie.

– Tu as eu le temps de leur dire au revoir ?

Elle ne répond pas.

– Moi, mon daron s'est fait la malle au petit matin, sans un mot. Tu trouves ça normal ?

Ophélie tourne vers moi ses yeux bridés. On jurerait qu'elle veut me parler mais ses lèvres ne se desserrent pas. Je lui adresse un regard encourageant. Que veut-elle me confier de si spécial ?

Je la vois qui observe les alentours, comme pour être sûre que personne ne peut nous entendre. Je l'imite.

Les autres sont occupés à manger et à rire. S'il n'y avait pas une absence totale d'alcool, j'aurais l'impression d'assister à un déjeuner bien arrosé. Il faut croire que le soleil tape assez pour détendre les esprits.

Je suis rassurée de ne repérer Victor nulle part. S'il était là, Ophélie n'oserait sûrement pas me révéler quoi que ce soit.

– Qu'est-ce qu'il y a ?

Devant mon insistance, elle ouvre une bouche craintive.

– C'est à propos de ton portable...

Mon sang ne fait qu'un tour.

– Eh bien ?

Elle inspire longuement et vérifie de nouveau les environs. Puis, tremblante malgré la chaleur, elle murmure, si bas que je ne suis pas certaine de comprendre :

– Il m'est arrivé exactement la même chose...

9

D'un seul coup, j'ai un regain de lucidité. Mes soupçons se confirment ! Donc, je ne suis pas dingue. Ce n'est pas mon esprit tordu qui imagine des choses. Il y a vraiment des événements étranges qui se déroulent dans ce camp.

Ophélie poursuit d'une voix oppressée :

– J'avais laissé mon appareil dans ma tente cette nuit et, ce matin, il avait été vidé. Quand j'ai posé des questions, on m'a dit que je me trompais, que j'avais dû perdre ma batterie.

Elle lance des regards inquiets autour d'elle.

– En t'entendant taper un scandale pour la même raison, j'ai compris qu'il y avait un problème.

– Tu aurais voulu appeler qui ?

– Mes parents. Je n'ai même pas pu leur parler ce matin. Ils m'ont juste écrit un mot avant de partir.

Je lève un sourcil intéressé.

– Je peux le voir ?

– Bien sûr.

Elle fouille dans sa poche. À cet instant, j'aperçois du coin de l'œil Jason qui rapplique. Aussitôt, je pose ma main sur le bras d'Ophélie.

– Ce n'est rien. Je me débrouillerai sans mouchoir.

Elle a un regard interrogateur qui s'arrondit d'angoisse quand elle entend la voix du garçon.

– Alors, les filles, ça se passe bien ?

Je lui adresse mon plus beau sourire, celui qui m'a tirée de pas mal de situations tendues.

– On sympathise. Après tout, on fait équipe, non ?

– Tu ne crois pas si bien dire. On va avoir besoin de votre duo cet après-midi. On doit terminer la mise en place des grillages autour du camp. Nous, on se concentrera sur la porte. Vous vérifierez les installations. Mais je pense que l'affaire sera vite expédiée. Les bêtes sauvages ne viendront plus piquer dans le garde-manger.

– Je croyais que c'était plutôt les poubelles ?

– Oh, tu sais. Elles vont là où elles sentent de la nourriture…

Il se redresse et s'éloigne pour parler à d'autres personnes. Néanmoins, je vois bien qu'il garde un œil sur nous.

Impossible de se refiler le papier. Pourtant j'aimerais vraiment lire ce qu'il y avait dessus.

M'efforçant de dissimuler mes lèvres derrière la brochette avec laquelle je joue, je glisse à Ophélie :

– Tu as reconnu l'écriture ?

Elle arbore un air traqué.

– Détends-toi. Sinon, on va attirer l'attention sur nous. Fais comme si on parlait de fringues. D'ailleurs, c'est quelle marque le pantalon que tu portais hier ?

J'ai réussi à la faire sourire. Un bon point. Ses traits se relâchent légèrement. Par chance, avec ses mèches noires, on n'entrevoit que la moitié de son visage. On y gagne en confidentialité.

– Maintenant que tu le dis, c'était tracé en majuscules et je n'ai pas vraiment reconnu l'écriture.

Exactement comme le mien ! Un frisson froid me parcourt la colonne vertébrale.

– Donc, n'importe qui pourrait l'avoir écrit ?

– Arrête ton délire. On est dans un stage de vacances, pas dans…

Elle ne trouve même pas le mot pour qualifier ce camp.

– Et il disait quoi, ce message ?

– Je l'ai à peine lu. Mes parents racontaient qu'ils pensaient que la meilleure solution était de partir, qu'ils m'embrassaient, etc.

La ressemblance entre nos deux cas est de plus en plus troublante.

– Dès qu'on a un moment tranquille, tu me montres le papier, d'accord ?

Ophélie acquiesce. Elle paraît dépassée par les événements. Moi, je me sens au contraire boostée par ce mystère. À croire que je deviens accro à l'action. Je n'ai plus aussi peur que les autres fois.

Mentalement, je tente de lister tous les éléments bizarres de ces dernières heures.

Il y a d'abord eu le voyage en camionnette occultée. Puis les avertissements de Jérémie, l'ambiance secte, les gens abîmés qui sont là, la joie forcée, l'éloignement des parents, la disparition des batteries de portables.

Cela commence à faire beaucoup.

Mais pour l'instant, je suis assez excitée par cette énigme.

Je me demande si je ne vais pas jouer le jeu pour découvrir ce qui se passe réellement ici. Ma décision n'est pas encore prise.

Sur ces entrefaites, Tête-d'Or débarque.

Il est impressionnant dans le soleil de midi, auréolé comme un dieu grec. Tranquillement, il s'assoit en tailleur et les autres se réunissent autour de lui. D'une certaine manière, on se réunit autour d'un nouveau feu.

Ophélie et moi imitons nos camarades.

– Mes amis, nous sommes maintenant entre nous. Le stage peut réellement commencer. Vous savez tous que je suis architecte. L'étude de cette science m'a permis de comprendre à quel point l'esprit humain se rapprochait des structures d'un bâtiment.

Malgré moi, je l'écoute attentivement. On dirait un prof, mais en mille fois plus intéressant.

– N'avez-vous jamais rêvé que vous visitiez une maison ? L'endroit est souvent immense et vous passez de pièce en pièce. L'impression est à la fois familière et étrange. Et là, parfois, vous découvrez de nouveaux espaces que vous ne connaissiez pas encore. Vous remarquerez que ce type de rêves n'intervient que quand vous vous posez des questions sur vous-même. La maison est une métaphore de votre psychisme, votre esprit.

J'ai déjà fait l'expérience de ces rêves-là où les appartements dans lesquels j'avais habité plus petite réapparaissaient, bien plus grands. Une fois, j'ai même imaginé que notre petit F3 de la résidence des Sycomores occupait tout l'étage de l'immeuble. Je me perdais dans des couloirs interminables. C'était après l'effraction d'Opioman.

Mais Tête-d'Or continue :

– J'ai donc construit ces stages comme on construit une maison. Pour cela, j'ai repris les principes exposés par l'auteur Vitruve dès l'Antiquité : Firmitas (solidité), Utilitas (utilité) et Venustas (beauté). Mon but est d'abord de vous renforcer, avant de vous montrer en quoi vous pouvez être utiles au monde et contribuer à sa beauté. Certains d'entre vous sont là depuis longtemps. Ils sont prêts à atteindre le deuxième niveau d'Utilitas.

Les jeunes se regardent les uns les autres, comme s'ils essayaient de deviner qui est digne d'un tel honneur. Le seul qui ne semble pas hésiter, c'est Jason. Quant à Ophélie et moi, les petites nouvelles du groupe, on est sûres d'en rester au niveau Firmitas.

Ce qui me convient tout à fait.

Je continue de boire les paroles de Tête-d'Or qui nous décrit notre « palais intérieur », qui cite Voltaire en affirmant qu'il faut aussi « cultiver notre jardin ».

– En bâtissant ce camp, c'est vous-mêmes que vous reconstruisez ! La société a tenté de vous détruire car vous étiez trop différents. Elle n'a pas su reconnaître en vous son avenir, celui des enfants-horizon ! Nous sommes à l'aube d'une nouvelle ère. Dans dix ans, peut-être, cet endroit sera une cité où tous les enfants-horizon du monde pourront se rejoindre et vivre ensemble.

J'ai de nouveau la chair de poule.

J'ignore comment il procède mais Tête-d'Or est vraiment persuasif. On ne peut qu'être d'accord avec lui quand il parle.

Pourtant, je remarque des incohérences dans son discours. Il a quand même affirmé à mon reup que d'autres camps de ce genre existaient ailleurs. Du coup, les enfants-horizon n'auront pas forcément à tous débarquer ici. Il y aura plusieurs cités du futur, non ?

Comme je suis en mode profil bas, je me tais en attendant la fin du discours. Qui arrive vite. Notre gourou sait doser ses effets. Il n'a pas à remplir ses cinquante-cinq minutes de cours. Des applaudissements saluent l'éloquence du chef qui les reçoit avec modestie.

– Bien, chacun à ses tâches. On se retrouve ce soir pour le dîner !

Tout le monde se lève aussitôt et se disperse dans le camp.

La plupart se dirigent vers ce qui sera l'unique issue : le portail du sud. Deux poteaux plus massifs que les autres avec des gonds impressionnants et deux battants solides.

Avec Ophélie, on est assignées à la vérification de l'enceinte. Ils ne doivent pas nous faire assez confiance pour bosser sur la porte...

L'avantage, c'est qu'on peut s'éloigner lentement du groupe et discuter.

– Bon, dès qu'on est hors de vue, tu me files le message, d'accord ?

Elle hoche la tête, pas très rassurée.

– Quand on en sera à la face nord, le chalet nous planquera.

Pour le moment, on s'occupe des clous et des colliers de serrage.

Je dois dire que, malgré des moyens limités, nos amis ont effectué un travail impressionnant. Pas un pilier ne bouge dans son logement. Le grillage est solidement accroché.

Il a été enterré sur plus de cinquante centimètres de profondeur et un peu de béton a été coulé dans le sillon.

Même un renard attaquant un poulailler ne pourrait entrer chez nous !

Ça augure mal pour la suite. Une fois la porte refermée, on ne pourra plus s'enfuir, à moins d'escalader le grillage. Je comprends mieux pourquoi on nous a affectées à ce boulot : pour nous éloigner de la sortie.

Avec angoisse, je me rends compte que je suis prise au piège.

Ma gorge se serre mais, en même temps, j'ai l'impression que tout cela n'est pas si grave. Je me vis un peu comme si j'étais extérieure à mon corps. Et cette sensation me trouble infiniment.

Il y a une lutte en moi entre deux forces : l'une qui me dit de paniquer et l'autre qui m'enjoint de rester calme. Je n'ai jamais rien éprouvé d'aussi bizarre.

On arrive enfin à l'endroit où on est protégées des regards inquisiteurs. Je murmure :

– Ophélie, ça va être le moment !

Il faut qu'elle arrête de jouer les biches aux abois parce qu'on perd complètement en discrétion.

D'un geste furtif, elle fouille dans sa poche et me dépose une boulette froissée dans la paume. C'est l'occasion ou jamais.

Rapidement, je déplie le papier et lis le message.

10

La déception est un vrai coup de poing. Je relis le message transmis par Ophélie :

> MA CHÉRIE,
> TON PÈRE ET MOI AVONS DÉCIDÉ DE TE LAISSER RETROUVER TES REPÈRES ICI. NOUS ESPÉRONS QUE TOUT SE PASSERA BIEN. NOUS REVIENDRONS TE CHERCHER À LA FIN DU STAGE.
> BISES,
> TES PARENTS

L'ensemble a beau être écrit en majuscules et suivre le même modèle que le mien, l'écriture n'a rien à voir. Autant celle de mon mot est raide et tranchée, autant l'autre s'avère arrondie et souple.

Un doute me traverse. Et si je m'étais monté la tête ?

Et si c'était bien mon daron l'auteur de ce mot lapidaire ? Je me suis raconté des histoires pour ne pas m'avouer qu'il m'a abandonnée à nouveau, que je suis seule.

Quand je compare les deux mots, celui d'Ophélie exprime de la tendresse quand le mien est purement factuel.

J'ai envie de pleurer.

Je deviens trop émotive.

– Tu vas bien ? demande Ophélie.

– Je viens de comprendre que mon dabe a encore fui comme un lâche.

– Les écritures sont différentes et ta théorie tombe à l'eau ?

J'acquiesce.

Elle poursuit :

– Si ça se trouve, même si on nous a piqué nos batteries, les gens du stage l'ont fait pour notre bien. Ils nous les rendront à la fin. S'ils avaient voulu nous nuire, ils auraient simplement volé les téléphones ou ils les auraient détruits.

– Tu as raison, je vais en parler à Tête-d'Or…

Elle ouvre de grands yeux avant de saisir.

– Oui, c'est vrai que Victor a les cheveux dorés. Il me fait trop penser à Jaime Lannister dans *Game of Thrones*…

– Je me disais la même chose !

On rigole, complices. Peut-être que d'ici la fin du stage, on sera des amies, finalement. Je soupire, un peu rassérénée.

– Alors, le travail avance ?

On sursaute toutes les deux, prises en faute. Cela fait bien cinq minutes qu'on n'a pas bougé. J'ai le réflexe de planquer les papiers dans ma poche.

Tête-d'Or approche, le regard clair. Je prends mon courage à deux mains pour lui poser la question qui me brûle les lèvres :

– Victor, on se demandait avec Ophélie pourquoi nos batteries de téléphone avaient disparu.

Il ne se démonte pas.

– Justement, c'est pour cette raison que je venais vous parler. Il y a eu une erreur. Jason s'est montré un peu trop zélé dans cette affaire : il a cru agir pour le mieux...

Il lève une main apaisante.

– Je n'ai pas eu le temps de vous le préciser mais notre règlement intérieur proscrit l'usage d'appareils électroniques pendant la durée du stage. Vous en comprenez la logique : comment opérer un retour à la nature si l'on reste esclave des gadgets technologiques ? L'idée est de vous recentrer sur vous-mêmes...

La suite, je la connais déjà. Il nous répète son couplet sur la maison intérieure en apportant quelques précisions mais l'image reste la même.

– Quoi qu'il en soit, Jason n'a pas été correct avec vous. Il m'en a parlé, ennuyé par son geste, et je lui ai demandé de vous présenter des excuses.

Ophélie se récrie :

– Ce n'est pas la peine !

– Si, j'y tiens. Nous devons établir ensemble des relations de confiance. Tout doit être clair entre nous. À ce sujet...

Il se tourne vers moi.

– Lana, il faudrait que nous terminions la conversation de ce matin. Aurais-tu quelques minutes à m'accorder ? Eunice va aider Ophélie à boucler son inspection.

Intriguée, je lui emboîte le pas. Pour moi, la discussion était close. Mais bon.

En tout cas, je suis contente que ça s'arrange. Je commence à fatiguer de ces angoisses continuelles même si je confesse une certaine excitation. Tout ce que je veux, maintenant, c'est passer des vacances tranquilles. J'en ai bien besoin.

Pourtant il faut croire que mon imagination continue de travailler malgré moi et voit des mystères là où il n'y en a pas.

Nous marchons avec Tête-d'Or. Contrairement à ce que je pensais, il ne se dirige pas vers le chalet, mais nous emmène par la porte dont le vantail est grand ouvert. On contourne le camp pour retrouver la rivière au nord.

Là, il s'assied sur un rocher plat et m'invite à l'imiter.

– Tu vois ce cours d'eau ? C'est le plus important de l'Aubrac. Il semble modeste, mais ses crues sont parfois massives. Pour moi, tu es un peu comme lui. Sous une allure tranquille, tu peux avoir des effets dévastateurs.

Je ne sais pas comment prendre ce dernier mot. Il rit devant mon air interrogateur.

– Oh, rassure-toi, je veux parler de l'effet que tu as eu sur Jason.

Je me sens rougir horriblement. Par chance, il ne s'attarde pas sur le sujet.

– Toutefois ce n'est pas le sujet principal que je voulais aborder avec toi. Mon inquiétude concerne la façon dont tu te remets des terribles événements de l'année. Est-ce que tu as vu des psychologues ?

– Non. J'ai été débriefée après l'intervention de la police. Mais j'ai dit à mes parents que je ne voulais pas aller en consultation. Ils insistaient. On a trouvé un moyen terme : je devais rencontrer régulièrement la psychologue du lycée, madame Rivière. En fait, j'ai évité la plupart des rendez-vous.

Tête-d'Or m'écoute. Son regard, posé sur moi, possède une intensité extraordinaire. Je ne sais pas pourquoi, j'ai envie de lui confier des choses que je n'ai confiées à personne. Cela me surprend, moi qui suis d'un naturel méfiant.

– Pendant un moment, j'ai cru que ça irait. Sans m'en rendre compte, je suis devenue plus distante, plus détachée. Rien ne m'intéressait. Même le club de journalisme ou les cours de judo. Je les séchais souvent. Et puis, il y avait les cauchemars…

Il hoche la tête pour m'encourager à la confidence. Le murmure de la rivière est rassurant. J'ai l'impression que rien ne pourrait mal tourner dans ce paysage serein.

– J'ai commencé à rêver de mon lycée, chaque nuit. J'errais dans les couloirs. Il se transformait en un véritable labyrinthe. Je me perdais. Et une menace sourde pesait sur moi. Souvent, au bout d'un moment, un

loup apparaissait. J'entrevoyais une oreille, un bout de museau, l'extrémité de sa queue. Puis il se mettait à me courser. Et je me réveillais en sueur.
– Tu n'as pas eu envie de parler de tout cela à tes parents, à ton copain ?
– Non. Ils ont leurs propres problèmes. Ma mère travaille beaucoup et mon dabe... Il est un peu paumé. Quant à Jérémie, il a vécu le même calvaire que moi. Il a été blessé...

À ce souvenir, ma gorge se serre. J'ai failli le perdre ce jour-là ! Mais je comprends que maintenant nous nous éloignons l'un de l'autre. Il a été très patient avec moi, il ne s'est jamais plaint, même pendant sa rééducation qui a été, je le sais, très pénible.

De mon côté, je n'ai fait que le rembarrer. J'ai passé mon temps à le fuir. À annuler nos conversations Skype du soir. Je ne lui ai jamais demandé des nouvelles de son père qui a des problèmes dans son travail et qui va peut-être devoir rentrer en France.

La cerise sur le gâteau, ça a été de le planter au dernier moment pour les vacances. Je me demande pourquoi il ne m'a pas encore plaquée...

– Tu sais, Lana, tu n'as peut-être pas eu une bonne intuition en gardant tout cela pour toi.

Je relève les yeux des filaments bleu et or de la rivière qui dansent et s'entremêlent.

– Vraiment ?
– Oui, je parie que ton ami Jérémie est bien inséré dans la société, qu'il réussit scolairement.
– Il est le premier de sa classe.

J'exagère un peu. À ce qu'il m'a dit, il alterne avec deux filles nommées Lili et Imane. Chaque fois qu'il me rappelle qu'ils ne sont que tous les trois en cours de latin, j'ai des bouffées de jalousie que je réprime difficilement. Surtout ces derniers mois.

– Tu as dû sentir que, bien que vous ayez partagé une expérience similaire, vous ne l'avez pas reçue de la même manière. Tu es spéciale, Lana.

– Merci !

– Je veux dire que tu as des qualités que peu de gens possèdent.

– C'est là que vous me reparlez des enfants-horizon ?

– Il y a des réalités qu'on ne peut nier. Je suis certain que tu te sens différente depuis longtemps. Crois-moi, tu n'es pas la première que je rencontre. Je peux t'aider, Lana. Que tu aies dévoilé tes craintes est un premier pas. Je pense que les prochains jours vont beaucoup t'apporter.

Il se relève et me tend la main. Sa paume est chaude.

– Viens, il se fait tard. Nous devons préparer le repas du soir.

Il se penche vers la rivière et sort de l'eau courante un sac plastique fermé hermétiquement.

– C'est là qu'on conserve les produits laitiers au frais. J'en prends un peu, on va en avoir besoin.

Il prélève un grand pot de crème fraîche et replace le paquet dans le frigo improvisé. Je touche le contenu par curiosité : on dirait vraiment qu'il sort du réfrigérateur !

On retourne au camp. La nuit va bientôt tomber. On se met au travail et je m'exécute, le cœur léger. La discussion m'a fait beaucoup de bien. Pour la première fois depuis des mois, j'envisage l'avenir avec un minimum de sérénité.

Finalement, mon vieux a peut-être eu une bonne idée.

J'aide de nouveau Eunice à préparer le repas puisque c'est notre tour aujourd'hui. On se décide pour une soupe qui permet de récupérer les restes des brochettes de ce midi. J'insiste pour ajouter beaucoup de paprika et de crème, histoire de se rapprocher de la recette du goulasch dont Jérémie m'a parlé.

Tout est réuni dans un grand chaudron placé sur le feu. Dès que nous en avons terminé avec la cuisine, Jason s'approche de moi.

– J'espère que tu vas partager notre dîner, ce soir.
– Oui. J'en ai assez de jouer les asociales.
– Cool.

On se réunit tous autour du foyer tandis que des odeurs de nourriture montent dans l'air. Pendant ce temps, la nuit tombe avec lenteur et les étoiles apparaissent au-dessus de nous. Pas un nuage.

J'en profite pour faire vraiment connaissance avec les gens du camp. Jason me les désigne un par un. Je ne retiens pas tous les noms mais je note néanmoins Thomas, qui porte le même prénom que mon dabe, et qui a un passé de délinquant.

Il y a aussi Lao qui a été abandonné par ses parents et qui a erré de famille d'accueil en famille d'accueil.

Et puis Amaryllis, une surdouée en grave échec scolaire. Son absentéisme était tel qu'elle a été signalée pour décrochage.

Enfin, Dorian qui, du jour au lendemain, a cessé de sortir de chez lui et s'est retiré du monde, ne communiquant plus qu'à travers son ordinateur. Il faudra que j'en parle à Jérémie parce que, même si elle est plus âgée, sa sœur Asherah est un peu comme ça. Les Japonais ont d'ailleurs un nom pour ce phénomène : le hikikomori.

Dès que la soupe est cuite, je la goûte avec curiosité. L'amertume des champignons me semble plus discrète. J'ai une faim de loup. Je dévore mon bol et en redemande un autre.

À côté de moi, Jason a déjà fini depuis longtemps. Il joue avec un bâton à tracer des signes cabalistiques sur le sol. La lueur des flammes danse sur son visage. Il est vraiment très attirant.

– Je voulais m'excuser pour ton portable...
– Ce n'est rien. Victor m'a déjà tout expliqué.
– Il n'y a pas de malaise entre nous, alors ?
– Pas de malaise.

Il soupire.

– Tant mieux, parce que ça m'aurait ennuyé que tu sois fâchée contre moi. Je sais que ça ne fait pas longtemps qu'on se connaît mais tu me plais beaucoup.

Ma dernière bouchée de tofu a du mal à passer ma gorge.

– Tu as un copain, bien sûr. Mais je n'ai jamais rencontré une fille comme toi...

Heureusement, il s'arrête là parce que je serais presque tentée de le croire et de me jeter à son cou. La discrétion de Jérémie, sa disponibilité, sa patience, sont telles que j'aimerais parfois qu'il se lance dans des déclarations enflammées.

Pour cacher mon trouble, je regarde les dessins de Jason sur le sol. Ils ne représentent rien de précis. Mais parmi eux, un mot se détache distinctement :

LANA

Cette fois, je manque de m'étrangler.

Et pas parce qu'un garçon sexy a gravé mon nom dans la terre, mais parce que son écriture est exactement la même que celle du mot laissé par mon vieux.

11

Jason se méprend sur ma réaction. Comme je reste interdite en regardant les lettres sur le sol, il les efface du pied.

– Je ne voulais pas te mettre la pression. Désolé, j'ai fait ça par réflexe.

Mais j'ai bien eu le temps de reconnaître mon prénom tracé dans la terre. Les traits droits, secs, comme gravés, étaient identiques. Je n'ai plus de raison de douter : Jason est l'auteur du mot d'adieu de mon daron.

Un grand froid m'envahit.

Je dois réfléchir très vite. Quelle attitude adopter ? Est-ce que je vais me lever et accuser Jason devant tout le monde ? Mais je n'ai aucune preuve ! Et qui me dit que les autres ne sont pas complices ? Que sait Tête-d'Or exactement ?

Soudain, je sens la présence des grillages qui m'entourent. Je suis tombée dans un piège. Je suis prisonnière comme une louve en cage. Et dire que je suis venue ici volontairement !

Jason s'inquiète de mon silence. Par chance, il n'a pas remarqué que je l'avais percé à jour. Il est encore dans son trip de séducteur. Je capte des bribes de son baratin :
– ... Je pense simplement qu'il vaut mieux se mettre avec quelqu'un qui nous ressemble. Si tu rapproches deux enfants-horizon, tu imagines ce que ça peut donner ?

Est-ce qu'il ne serait pas en train de me parler d'eugénisme ? Il s'emballe un peu, à nous imaginer déjà avoir de petits bébés-horizon.

Brusquement, je vois clair dans son jeu : il est là pour me séduire, pour me pousser à rester. Et moi, pauvre andouille, j'ai bien failli marcher dans la combine !

Ce qui m'étonne le plus dans cette affaire, c'est la façon dont je me suis fait avoir. Je suis plus prudente que ça d'habitude. Pourquoi mes pensées sont-elles aussi embrouillées ?

Tout en remuant ces idées dans ma tête, j'éprouve de nouveau un grand sentiment de calme. Je ne cesse d'alterner entre une vague d'angoisse et une vague d'apaisement.

Je ne me reconnais plus.

– Tu m'écoutes ?

Jason a fini par remarquer que j'avais l'esprit ailleurs. Je décide de suivre les règles qu'on m'impose.

– Excuse-moi, je suis fatiguée. Je n'ai pas l'habitude de me dépenser autant.

Il a un sourire de beau gosse sûr de lui. J'ai fait le bon choix. Je ne dois montrer à personne que je ne suis plus dupe. En jouant les dociles, je les amènerai à se dévoiler, à perdre toute prudence devant moi.

Prise d'un élan de revanche, je lui retourne mon sourire des grands jours et je joue avec mes cheveux. Avec les reflets des flammes et le bain de ce matin, ils doivent être très beaux.

– Si on allait se promener ?
– D'accord.

J'imagine que, dans son esprit, il a atteint son but. Je fais tout pour le conforter dans cette opinion. Je minaude.

En fait, je veux repérer par où m'enfuir.

À ma grande déception, une fois qu'on s'est éloignés du feu, on se contente de longer les grillages, comme deux prisonniers en promenade.

– On ne peut pas aller au bord de la rivière ?

Il secoue négativement la tête.

– À cette heure-là, le portail est fermé. C'est la nuit que les animaux font des descentes sur nos poubelles.

J'acquiesce en mode poupée écervelée.

– Oui, tu as raison. Il faut faire attention.

Je continue de m'interroger sur la marche à suivre. Est-ce que je tente de m'échapper cette nuit ? Le plus tôt sera le mieux.

En même temps, je ne connais pas du tout la région. Dans le noir, je risque simplement de me tordre la cheville et de finir dans un fossé.

En plus, mes cauchemars de loups ne m'encouragent pas à m'aventurer seule en forêt, bien qu'ils n'attaquent pas l'homme et qu'il n'y en ait plus guère dans la région.

J'ai du mal à penser. À chaque instant des doutes m'assaillent : et si je me trompais ?

Les lettres de mon prénom ne sont restées que quelques secondes dans mon champ de vision. C'était à la lueur rasante du feu, sur un sol irrégulier. Est-ce que j'ai bien vu ? Est-ce qu'on écrit de la même manière avec un stylo et un bâton ?

J'étais si sûre de moi ! Maintenant, je ne sais plus.

Puis, je songe à tous les éléments mystérieux qui émaillent mon séjour depuis la veille. L'accumulation est plus qu'inquiétante.

Soudain, je me demande ce qu'est devenu mon vieux.

Si ce n'est pas lui qui a écrit le mot, cela signifie qu'il n'est peut-être pas parti de son plein gré. Il est peut-être blessé quelque part. J'espère qu'ils ne lui ont fait aucun mal !

En passant auprès de la clôture, je m'amuse à tirer sur le grillage. Les mailles métalliques vibrent avec un bruit infernal. Impossible de les escalader sans se faire remarquer.

Un détail attire mon attention. Au sommet des deux mètres d'enceinte, je me rends compte qu'on a planté des montants de fer sur les poteaux et tendu entre eux trois rangées de fil de fer barbelé.

J'en reste bouche bée.

Quand ont-ils eu le temps d'installer ce dispositif ? Pendant que je discutais au bord de la rivière avec Tête-d'Or ?

Décidément, à chaque fois que j'ai un entretien avec lui, on agit dans mon dos. De là à croire qu'on se sert de ces moments pour m'éloigner...

Jason a suivi mon regard.

– Oui, on a ajouté ça pour éviter que les oiseaux viennent se poser. Il y a de gros rapaces ici qui pourraient faire plier le grillage.

Il me prend vraiment pour une débile ! Et moi, je lui souris comme si c'était l'explication la plus normale du monde.

Derrière mon air ahuri, je poursuis mes réflexions. Toute fuite est devenue impossible. Je ne peux même pas imaginer défoncer la porte car cela produirait un vacarme terrible. Et puis, j'aurais besoin d'outils qui doivent être sous clé, eux aussi.

Il me faut apprendre ce qui est arrivé à mon reup. Mes yeux se tournent vers le chalet. Les réponses doivent se trouver à l'intérieur... Rien que d'y penser, mon cœur bat plus vite.

Une fois encore, Jason s'imagine que mon trouble est occasionné par sa présence. Et dire qu'il me plaisait ! Maintenant que je sais de quoi il est capable, je ne distingue plus en lui qu'un garçon imbu de lui-même, sûr de son charme et manipulateur.

J'adresse une excuse muette à Jérémie.

Mésinterprétant mon absence de réaction, Jason se penche déjà vers moi pour m'embrasser. Je recule précipitamment et me colle contre le grillage qui gémit.

– Je suis désolée. C'est trop tôt...

Le beau gosse ravale sa déception.

— Ce n'est rien. Je comprends. Et puis, nous avons encore trois semaines devant nous.

Sa phrase me fait froid dans le dos. Je m'éloigne et simule un frisson.

— Je vais me coucher. Je gèle.

Il est vrai que, depuis la tombée de la nuit, la chaleur semble s'être envolée. Mes habits sont trop légers. Beau joueur, Jason me ramène près du feu. J'en profite pour souhaiter bonne nuit à tout le monde.

À cet instant, j'aperçois Ophélie en grande conversation avec Dorian. Elle a l'air heureuse.

Je m'en veux de ne pas avoir pensé à elle dans mes plans d'évasion. Pourtant, je ne peux pas la laisser là. Encore une bonne raison pour pénétrer dans le chalet.

Après les bonsoirs, je rentre dans ma tente et je m'assieds de façon inconfortable pour éviter de m'endormir.

Comme il n'y a aucune lumière et que je n'ai plus l'heure, j'en suis réduite à des approximations.

J'écoute longuement les conversations s'épuiser autour du foyer.

Puis les flammes qui s'éteignent peu à peu.

Bientôt, il n'y a plus aucun reflet traversant la toile de tente.

Le silence s'installe sur le camp.

Je lutte contre le sommeil qui me ferme les paupières et contre les courbatures dans le dos. Est-ce que j'ai assez attendu ? Je risque d'envenimer les choses si jamais je me fais choper.

J'hésite longuement. Mais rien n'arrive vraiment à entamer ma conviction. Cependant, j'ai besoin de soutien.

Ma décision est arrêtée : je vais passer réveiller Ophélie. Elle aura peut-être des informations supplémentaires à me donner.

Enfin, j'ai l'impression que la voie est libre.

Très doucement, emprisonnant le zip entre mes doigts pour en étouffer le bruit, j'ouvre le double toit. Un coulis d'air froid m'enserre la gorge. Tout est noir au-dehors.

Je prends une grande inspiration et je m'échappe de la tente igloo.

12

Dehors, ça caille un peu.

Je lève les yeux vers les étoiles qui scintillent façon stroboscope. Puis mon regard descend sur le camp. Personne ne bouge. Pas âme qui vive. Les tentes forment des petites collines régulières.

Il n'y aurait pas la silhouette inquiétante du grillage, tout semblerait tranquille. Je m'avance en essayant de ne pas toucher le tissu de l'auvent et de ne pas faire tinter les fermetures éclair.

Ensuite, il faut éviter les fils et les sardines qui maintiennent les doubles toits au sol. Le terrain est miné. Si je me prends les pieds dedans, les occupants seront immédiatement réveillés.

Heureusement, les ficelles sont blanches et se voient bien dans l'ombre. Je les enjambe en ayant l'impression d'esquiver le faisceau immobile de rayons laser.

J'entends des respirations. Certains ronflent.

Pour la première fois depuis le début du séjour, j'éprouve un sentiment de maîtrise. Même si je tremble à l'idée d'être surprise, être éveillée quand tout le monde dort me remplit de joie.

Je pourrais écraser ces dômes de toile et de fibres si je le voulais.

Mais je continue ma progression silencieuse entre les igloos.

J'ai repéré la tente d'Ophélie. Par chance, elle se trouve un peu à l'écart, comme la mienne.

Un caillou crisse sous ma semelle. Je m'immobilise aussitôt.

Je tends l'oreille pour capter le moindre bruit suspect mais ma respiration trop forte perturbe mon audition. En plus, les insectes sont de sortie, une fois encore.

Je laisse s'écouler quelques secondes.

Comme rien ne se passe, je reprends ma marche précautionneuse. En plein jour, j'atteindrais ma destination en deux temps trois mouvements. Là, tout prend des proportions gigantesques.

Soudain, quelque chose bouge !

Par réflexe, je me replie presque en position fœtale. Mon cœur bat à toute allure, suscitant un début de nausée.

Une sorte de fantôme blanchâtre flotte à quelques mètres de moi.

Je reconnais le haut clair d'Eunice.

Elle regarde de tous côtés mais ses yeux glissent sur moi sans s'arrêter.

C'est l'avantage d'avoir la peau mate et les cheveux châtains. Je me félicite d'avoir remis mon tee-shirt Nekrozis avec ses couleurs sombres.
La fille s'avance, bien plus à l'aise que moi. Elle ne doit pas effectuer cette sortie nocturne pour la première fois.
Arrivée devant une tente, elle gratte le toit du bout de l'ongle. Cela remue à l'intérieur. Le zip central s'ouvre lentement et le large sourire de Dorian apparaît.
Vraiment ?
Je n'aurais jamais cru qu'ils étaient ensemble. Pourtant, dès qu'Eunice est entrée, je perçois des soupirs et des souffles courts qui ne laissent aucun doute sur leur relation.
Cela ne fait pas mon affaire. Leurs ébats risquent d'attirer l'attention. Je décide malgré tout d'en profiter. Si je produis du bruit, avec un peu de chance, il sera noyé dans le fond sonore.
Encore deux pas. Je suis toute proche.
Et maintenant ? Comment avertir Ophélie que je suis là ? Je n'avais pas pensé à ça. Je me retrouve comme une imbécile devant sa tente.
Je pourrais ouvrir directement la fermeture. Mais elle risquerait d'avoir peur et d'appeler au secours, comme la première nuit.
Pourtant je ne me vois pas mener cette opération toute seule. J'ai besoin de soutien.
Alors, j'imite Eunice. Je gratte à la porte et je murmure :
– Ophélie ? C'est moi.

Puis, je scrute l'obscurité muette. Il y a un mouvement à l'intérieur de la tente. Je réitère ma manœuvre, prête à montrer patte blanche.

– Ophélie ? Ouvre-moi.
– Lana ?
– Dépêche-toi !

Elle s'exécute. Et j'admire son efficacité et sa discrétion : pas un bruit. Je pénètre dans sa tente. Elle referme derrière moi. Cela sent son parfum à l'intérieur.

– Comment tu fais pour que ton zip glisse aussi silencieusement ?
– J'ai graissé la glissière avec une crème de jour.
– Tu prépares ta fuite ?

Elle n'ose même pas le chuchoter.

– Ce n'est pas pour ça que tu es là ?

Je lui explique rapidement la confirmation de mes soupçons. Elle crache entre ses dents :

– Salopard de Jason ! Je ne te raconte pas comment il m'a draguée !
– Moi aussi, il m'a fait le coup. « Je n'ai jamais rencontré une fille comme toi. »
– Victor m'a même dit que j'étais sa préférée.
– Pareil pour moi. Ils se sont bien foutus de nous.

Elle a un moment d'hésitation.

– Tu crois que nos parents sont enfermés quelque part ?
– Aucune idée. Mais je veux inspecter le chalet. C'est le meilleur endroit pour planquer quelqu'un.
– Tu ne préfères pas qu'on s'enfuie ?

– On est entourées de grillages avec des barbelés au sommet. Et puis, si mon daron est là, je refuse de partir sans lui. Et sans toi.

Je l'entends qui renifle.

– Tu pleures ?

– Excuse-moi. Je suis touchée que tu aies pensé à moi.

– Allez, on se serre les coudes, non ? Et j'ai besoin de toi pour faire le guet. On y va ?

Elle hoche la tête. Enfin, je crois. On n'y voit pas grand-chose. Je quitte les lieux, Ophélie derrière moi.

Nous dépassons la tente où sont réunis Eunice et Dorian. Cette fois, il s'en échappe carrément des gémissements. Ma complice me serre le bras, interrogative. Je lui livre le nom du couple.

– Non ?

– Je te jure.

Après un gloussement, nous reprenons notre excursion et notre sérieux.

Au-delà du coin des tentes s'étend le no man's land qui nous sépare du chalet. On se déplace lentement sur le côté, rasant le grillage. L'idée est d'aller à l'opposé des dormeurs pour s'approcher de la maison en bois à l'abri des regards.

On longe le côté nord. Là où la rivière continue de chantonner. Et puis, on oblique sur le flanc est. Encore un peu. Il y a des arbres à cet endroit-là qui nous camouflent. Les odeurs de résine sont persistantes. J'ai l'impression que les aiguilles s'agitent sous une brise qui n'existe pas.

Leurs multiples traits tracent des hachures qui s'animent. Je suis obligée de m'arrêter tellement le spectacle est troublant. Est-ce que je suis en train de délirer? Ce ne serait pas la première fois depuis que j'ai mis les pieds ici.

Déjà, les dessins dans la rivière, puis dans les flammes et les étoiles, avaient un étrange parfum de mystère.

– Qu'est-ce qui t'arrive?
– Je crois que je suis victime d'hallucinations...
– C'est juste le stress.
– Tu ne vois rien?
– Non.

J'inspire et expire profondément. Les ondulations des branches se calment. Tout s'arrête et redevient végétal, immobile. La situation ne s'arrange décidément pas pour moi. Si je me mets à perdre la boule, je ne suis pas tirée d'affaire.

J'explique tout de même mon plan à Ophélie. Le mot est peut-être exagéré : c'est plus improvisé que planifié.

– Bon, on s'approche du mur. J'entre. Si jamais quelqu'un déboule, tu frappes trois coups pour me prévenir, d'accord?

Je la vois qui se penche et ramasse un caillou sur le sol.

– Qu'est-ce que tu fais?
– Ça me servira à détourner l'attention d'un éventuel gêneur si tu dois sortir du chalet en urgence.
– Pas bête.

Maintenant, on ne prononce plus un mot. On court à pas de loup jusqu'au chalet (même si l'exercice est compliqué). La porte, qui donne sur l'est, est assez sommaire. Il n'y a même pas de serrure. Ça tombe bien, je n'avais pas prévu cette éventualité.

Seulement, quand j'essaie de pousser le battant, il résiste. J'insiste : rien à faire. Il doit y avoir un loquet qui m'échappe dans le noir.

En tout cas, je suis sûre que Victor n'est pas à l'intérieur. Il a quitté le camp au moment où on fermait le portail et je ne l'ai pas vu revenir. Je ne vais pas renoncer si près du but !

Mon vieux doit être là-dedans, il n'y a pas d'autre solution. Alors, je me tourne vers Ophélie.

– File-moi ton caillou.

Elle ne discute pas. Je soupèse le galet dans ma main. Ça devrait aller. Je me place sous la fenêtre, de l'autre côté du bâtiment. Elle me retient.

– Tu vas réveiller tout le campement !
– Regarde.

J'ôte mon tee-shirt et je l'enroule autour de la pierre comme je l'ai déjà observé dans les films. Je ne peux m'empêcher de ressentir une trouille pas possible. Ma bouche est sèche et mes battements de cœur sont si forts qu'ils m'assourdissent.

Après un dernier regard aux alentours pour m'assurer qu'il n'y a personne, je lève mon arme et l'abats sur la vitre.

13

Ma ruse fonctionne encore mieux que prévu. Le bruit est si bien étouffé que je doute même un instant d'avoir réussi. Mais quand je passe les doigts sur la vitre, je sens le morceau manquant. Il a dû tomber sur un tapis parce que je n'ai rien entendu.

Je m'offre une pause pour vérifier que personne n'arrive en courant. J'en profite pour remettre mon tee-shirt, non sans l'avoir secoué auparavant. Ce n'est pas le moment de se planter des tessons dans le ventre.

Bon, on dirait que j'ai réussi mon coup.

Ceux qui dormaient n'ont pas bougé.

Aucune alarme ne résonne.

Prudemment, je glisse une main dans le trou. Il faut absolument éviter les bords tranchants de la vitre. Tout est si lent !

Une fois que mon bras est enfoncé de moitié, je le replie à la recherche du loquet de la fenêtre. Mes doigts se referment sur une poignée froide. Sans doute du métal.

Je l'agrippe et tente de la faire pivoter. Elle résiste. C'est bien ma veine ! Je suis sans arrêt retardée par des obstacles minuscules qui m'exaspèrent. J'ai envie de tout envoyer valser.

Enfin, le mécanisme cède mais avec un grincement qui me fait froid dans le dos. Ils pourraient entretenir leur matériel un minimum !

Ophélie m'observe, les yeux ronds. J'aurais tenté et réussi un triple salto arrière sous son nez qu'elle n'exprimerait pas plus d'admiration.

Pas le temps pour les longs discours. J'adresse un signe d'adieu à ma complice et je m'immisce dans le chalet.

Des odeurs de bois m'accueillent.

Quand je pose le pied à l'intérieur, mes semelles rencontrent une surface douce. Heureusement, parce que mon pas suivant m'entraîne à piétiner le morceau de verre qui se brise sous mon poids !

Maintenant que je suis seule, je me sens moins vaillante.

Mon cerveau embrumé s'efforce de se rappeler mon passage dans la matinée. L'entrée se trouve à l'autre extrémité du chalet. La porte que je distingue en face de moi doit y conduire.

Comme je ne remarque aucune autre issue, je me décide pour celle-là.

Je l'ouvre.

La fatigue s'accumule. S'il reste un grand nombre de pièces à traverser, je vais sûrement commettre une erreur. Je dois économiser mes forces et ne surtout pas me déconcentrer.

Le battant s'entrebâille sur un rectangle de ténèbres. Si seulement j'avais une lampe de poche ! Là, je suis aveugle.

Mes autres sens viennent à la rescousse. Je perçois les moindres bruits du lieu. J'aimerais m'arrêter pour me repérer. Les ombres sont mobiles autour de moi. Je vois des camaïeux de noir qui tourbillonnent comme de la fumée. Et les ténèbres chuchotent à mon oreille.

Les couleurs et les sons se répondent. On dirait que j'assiste à ces animations iTunes qui accompagnent la musique. Cela ressemble à un délire de drogué. Enfin, j'imagine, parce que ce serait la première fois pour moi.

Qu'est-ce qui m'arrive à la fin ? Mon cerveau me lâche. C'est flippant ! D'accord, j'ai très peu dormi au cours des deux dernières nuits, mais ce n'est quand même pas la fatigue qui me met dans cet état-là ?

Cependant, des visions magnifiques s'étalent sur le mur. Des points lumineux qui passent par toutes les teintes de l'arc-en-ciel, deviennent des segments, des courbes ondulant à l'infini.

Je suis fascinée. Un vrai feu d'artifice se déploie sous mes yeux. Grandiose. Je ne bouge plus. J'ai beau me répéter que je dois avancer, mes pieds restent collés au sol. Combien de temps vais-je demeurer sur place alors qu'on risque de me surprendre à tout moment ?

Une lutte s'engage entre mon corps et ma volonté. Intérieurement, je me crie des encouragements, puis des insultes.

« Ne laisse pas tomber ! »

« Remue-toi ! »

« Allez ! »

Enfin, par un dernier effort, je parviens à m'arracher au tableau mouvant. Je me détourne. Les hallucinations me poursuivent, à l'extrême limite de mon champ de vision. Au moins, je peux les ignorer.

Le plancher craque. Je retrouve ma prudence.

Qu'est-ce que je suis venue chercher déjà ? Ah, oui ! Mon daron. J'ai la désagréable impression qu'il n'est pas là.

J'ouvre la porte et je tombe sur un petit couloir.

La tête me tourne un peu. En face, ce doit être la pièce où j'ai discuté avec Tête-d'Or. On peut écarter cet endroit.

Je remonte vers un autre entrebâillement. Par chance, la pause a permis à mes yeux de s'accommoder à la pénombre. Certains détails finissent par m'apparaître. J'évite ainsi des boîtes en plastique posées sur le sol. Mes pas finissent par me conduire à destination. C'est la dernière pièce.

Mon paternel ne peut être que là.

Mauvais signe quand je pousse la porte : elle n'est pas verrouillée. Les gonds grincent.

Il n'y a rien à part un bureau.

Même si je m'y attendais, je suis déçue. Je m'imaginais déjà délivrer mon reup et quitter cet endroit avec lui.

Mes parents ont le chic pour se mettre dans des situations pas possibles. Après ma mère coursée par une multinationale, mon vieux tombe dans les filets d'une secte.

Et, bien sûr, à chaque fois, ils m'entraînent avec eux !

Je devrais me sentir soulagée. Peut-être qu'il est simplement reparti chez lui. Mais je n'y crois plus. Il y a trop d'éléments suspects et concordants.

Je reste les bras ballants. Tous ces efforts pour rien. Je me suis mise en danger sans aucun résultat concret.

Incapable de repartir les mains vides, je déplace quelques affaires sur le bureau. Il y a peut-être des indices qui traînent. Mais je ne découvre que des bouquins dont je distingue à peine les titres, d'autant qu'il n'y a pas de fenêtre dans cette pièce.

Quelques rayons provenant du couloir me permettent de déchiffrer deux couvertures dont les écritures sont en relief. En faisant jouer les reflets et en m'aidant du toucher, je découvre *El* d'un certain John Gregan, ainsi que *La Révélation de Maharbi*.

Tout ça ne me dit rien du tout. Je les repose, frustrée.

Je suis tiraillée entre l'envie de filer d'ici au plus vite et le besoin de dénicher une piste. J'explore encore les tiroirs et j'y vais.

Quand j'ouvre le premier, l'obscurité est tellement épaisse que le contenu demeure mystérieux. Il faut y mettre la main pour déceler que le compartiment est vide.

Le second est plus lourd. J'entends des objets racler contre le fond. Mes doigts fouillent le casier. Yes !

D'après la forme, on dirait bien une batterie de smartphone ! Et il y en a une autre à côté ! Au moins je ne serai pas venue pour rien. Je vais pouvoir appeler Jérémie !

En même temps, un frisson froid me remonte la colonne. Il s'agit de se barrer maintenant.

J'enfonce les deux batteries dans mes poches et, après avoir à peu près remis les choses en ordre sur le bureau, je prends le chemin du retour.

J'avance à une allure d'escargot malade. Le moindre millimètre carré de parquet grince affreusement. Heureusement que le chalet n'est pas plus grand.

Il me faut une bonne minute pour revenir dans la salle du début. J'ai l'impression que les murs de bois se rapprochent et cherchent à m'écraser. Mes épaules butent sur des morceaux d'écorce mal rabotés. Je vais finir par déchirer mon tee-shirt Nekrozis.

Encore un effort.

Je m'approche de la fenêtre avec précaution. Il s'agit de ne pas se blesser avec les bouts de verre.

Ce qui m'étonne, c'est qu'il n'y a aucun signe d'Ophélie. Elle devrait être là à guetter.

Tout mon corps se tend vers le cadre entrouvert. J'y suis presque.

– Ophélie ?

Personne ne répond.

– La voie est libre ?

Toujours rien. Je commence à m'inquiéter.

Soudain, un éblouissant faisceau de phares vient balayer la pièce. Une seconde plus tard, j'entends un bruit de moteur.

Tête-d'Or est rentré !

14

Le cône de lumière passe pile sur moi.

Ma seule réaction consiste à me jeter à plat ventre sur le tapis, tout en me disant que cette lueur est très jolie avec ses lisérés orangés et ses irisations bleuâtres.

J'ai la bouche dans les fibres. Un tesson brille juste à côté de mon œil. J'ai eu chaud ! Un peu plus et je m'éborgnais.

Les phares restent pointés un moment sur la fenêtre. Est-ce que Tête-d'Or a repéré la vitre brisée ?

Comme pour répondre à ma question, les feux s'éteignent.

Je réfléchis très vite. Logiquement, le gourou devrait entrer par-devant. Il vaut mieux attendre qu'il contourne le chalet pour sortir discrètement. Je patiente donc, dans l'ombre, le cœur battant.

Je sonde le silence. Chaque bruit résonne comme un terrible vacarme et pourtant j'ai du mal à m'assurer que tout est réel. Mes sens me trahissent peut-être.

En tout cas, il y a des pas sur le gravier. Je m'efforce de me représenter mentalement leur trajectoire. Là, ils arrivent au coin sud-ouest du chalet. Et puis, la chaîne qui ferme le portail cliquète.

Tout se passe comme prévu. Je m'oblige à patienter encore pour partir au bon moment.

On se rapproche.

Trop à mon goût.

Merde ! Tête-d'Or a remarqué l'effraction et il vient examiner la fenêtre !

Prestement, je cherche à m'éloigner. Je m'accroupis. Mes jambes engourdies se dérobent sous moi. Je tombe.

Il ne me reste plus qu'à ramper sur le dos en m'aidant de mes coudes. Ce faisant, j'aperçois une ombre qui se dessine devant la fenêtre. Elle paraît gigantesque !

– Regarde-moi ça.

La voix de Tête-d'Or. Par contre, je ne reconnais pas celle qui lui répond, maussade :

– C'est qui ?

Mon cœur s'arrête dans ma poitrine. Est-ce qu'ils s'adressent à moi ? Ils m'ont déjà repérée ?

Je cesse tout mouvement.

– Ça pourrait être des loups mais il y a longtemps qu'on n'en a pas vu dans le coin.

Des loups qui brisent des vitres ? De quoi parlent-ils ? Je n'y comprends plus rien. Entre-temps, je crois avoir identifié l'interlocuteur de Tête-d'Or : il s'agit d'Armand, l'homme des bois. Je l'avais oublié, celui-là.

D'une certaine manière, il m'effraie encore plus que l'architecte.

Comme ils discutent un instant entre eux, j'en profite pour m'évacuer. Si j'ai une chance de m'en sortir, c'est par la porte maintenant. Le temps qu'ils terminent leurs constatations, je serai rentrée dans ma tente.

Sans bruit.

Avec lenteur.

Mes talons qui raclent le tapis.

Je n'écoute plus ce qu'ils disent. De toute façon, je suis déjà dans le couloir. Là, je me relève, je souffle un peu. Ma main appuie sur la poignée et je pénètre dans la première pièce, celle où j'ai bavardé avec Victor le matin même.

Cela me semble désormais perdu dans les brouillards d'un passé reculé.

Je m'humecte les lèvres et avance vers la porte. Pourvu qu'elle s'ouvre de l'intérieur ! Je ne vois presque rien ici.

Une fois le matelas enjambé, mes doigts se referment sur une sorte de verrou. Je n'ai qu'à tourner pour me libérer.

Tout à coup, je sens le bouton qui pivote tout seul. Ses crans frottent la pulpe de mon pouce et de mon index.

Je me dégage, effrayée, sans comprendre ce qui se passe.

Le pêne qui claque dans la serrure me tire enfin de ma torpeur. Tête-d'Or a décidé de rentrer directement dans le chalet et il va tomber sur sa cambrioleuse improvisée. À savoir moi.

Une fois de plus, je bats en retraite. Où vais-je pouvoir me réfugier ? Si ça se trouve, Armand est resté devant la fenêtre !

Prise de panique, je reviens dans le couloir et me plaque contre la paroi. Au même moment, la porte s'entrebâille. Les rayons d'une lampe de poche se déversent sur le seuil, à ma gauche.

– On n'y voit rien, là-dedans...

Je ne moisis pas sur place. Renonçant à gagner la fenêtre, je me replie vers le bureau. Les choses ne s'améliorent pas pour moi. Au moins, j'ai un endroit pour me cacher là-bas. Les autres pièces ne possèdent presque aucun meuble.

Le souffle court, les poumons en feu, je me glisse sous la table. Le coin d'un tiroir me lacère le dos et je réprime un cri de douleur.

Avec l'obscurité, on ne devrait pas me voir.

Je replie mes jambes, me recroqueville.

J'attends.

Peu à peu, ma respiration se calme et j'entends de nouveau ce que disent les gars à côté.

– Ça ne peut pas être un loup. Le bruit aurait réveillé les gamins.

Armand n'est pas d'accord.

– Mais puisque rien n'a disparu !

– De toute façon, il n'y a rien à voler ici. Non, je pense plutôt à une vengeance de cette Lana. Elle n'a pas apprécié le départ de son père.

– Tu prétendais l'avoir convaincue.

Tête-d'Or ricane.

— Tu parles ! Son père nous a raconté n'importe quoi. Elle était censée être au bout du rouleau. En fait, elle me résiste. J'aurais préféré qu'elle soit comme Ophélie. On aurait pu en faire quelque chose...

Il ajoute encore des mots que je ne capte pas.

Le masque tombe enfin. Je sais désormais à quoi m'en tenir. Tête-d'Or est le roi de la manipulation mentale. Et il a bien failli m'avoir.

Je ne peux m'empêcher d'être déçue. Il avait lu en moi comme peu de gens l'ont fait avant lui. Je revois son regard perçant. J'ai un mauvais goût dans la gorge.

Armand semble perdu :

— Mais c'est une enfant-horizon ou pas ?

— Évidemment ! Sinon, je ne l'aurais pas invitée ici.

Invitée ? C'est une manière personnelle de voir les choses. D'après mon vieux, ce n'était pas vraiment gratuit. Tête-d'Or poursuit :

— Elle est encore trop imprégnée de valeurs caduques, voilà le problème. Il faudra de la patience pour lui inculquer notre savoir. En tout cas, si elle joue les rebelles, je vais devoir la surveiller de très près.

Je me secoue. Il est peut-être temps de tenter une sortie par la fenêtre pendant qu'ils sont tous les deux occupés.

Je déplie mes jambes parcourues de fourmis. Je suis restée trop longtemps dans la même position. Mes cuisses sont engourdies.

– Et pour son père, on fait quoi ?

Je suspends mes gestes, guettant la réponse.

– On ne change rien. On l'utilisera si nécessaire.

Ouf ! Il est en vie mais mes pires craintes se réalisent. Ils retiennent mon daron contre son gré. Je tends l'oreille. Peut-être vont-ils me révéler où il est ?

– Cette fille sera difficile à briser. Mais elle a une faille qu'on peut exploiter. Elle est encore traumatisée par la prise d'otages. Elle s'est renfermée et n'en a parlé à personne. Je vais jouer là-dessus. Pour l'instant, je suis son seul confident.

– Et Jason ?

Armand le prononce comme le nom du héros grec des Argonautes. À croire qu'il n'a jamais vu une série télé de sa vie.

– Il croit qu'elle lui mange dans la main, il est trop sûr de lui. Le fait qu'elle veuille absolument appeler son copain n'est pas un bon signe. Elle devrait avoir envie de couper tout contact avec l'extérieur. Mais le temps travaille pour nous. Elle finira par être des nôtres.

Cette conversation me fait froid dans le dos. En plus, je n'apprends plus rien d'intéressant : ils ne diront pas où ils retiennent mon vieux. Il faut que je m'en aille.

Mes muscles ont retrouvé un peu de vigueur quand je me relève enfin. Je me fige en entendant Armand demander :

– Au fait, tu as vérifié si les batteries étaient toujours là ?

Réfléchir vite ! Soit je les garde et je me grille. Soit je les repose mais je dois remettre mon appel à plus tard.

– Tu as raison. Je vais jeter un coup d'œil.

Ma décision est prise. Doucement, je pousse le tiroir au-dessus de ma tête et j'ôte les batteries de mes poches. Maladroitement, je les range à l'aveugle dans le casier ouvert.

Puis, toujours d'en dessous, je tire le caisson en arrière.

Au même instant, la lumière et Tête-d'Or pénètrent dans la pièce. Je vois ses grosses chaussures de marche.

– On va être fixés très rapidement.

Il ouvre le tiroir. Mon sang se glace quand il lâche :

– Elles ont disparu.

Alors, avec horreur, je me rends compte que j'ai replacé les batteries dans le mauvais tiroir !

15

Mon ventre se serre d'angoisse. Un silence passe. Que va décider Tête-d'Or ?

J'en suis réduite à des hypothèses étant donné que je n'entrevois que ses grosses chaussures et les godillots d'Armand plantés devant moi. Je perçois même des odeurs de terre humide qui montent de leurs semelles.

Ils vont fouiller le chalet de fond en comble et me mettre la main dessus, c'est certain ! Je suis foutue ! Je me sens comme un animal pris au piège.

Un grand coup de poing s'écrase sur le bureau.

Je sursaute. Il s'en est fallu de peu que je pousse un cri de peur. Je me mords les lèvres. Je ne vais pas résister longtemps à une telle tension. Mon cœur va lâcher.

– C'est sûrement cette salope de Lana ! Elle me le paiera ! Je n'aime pas qu'on se moque de moi !

Au moins, c'est clair maintenant. J'avale difficilement ma salive.

– Ne t'énerve pas, Victor. Tu t'es peut-être trompé...
– Je sais ce que je fais. Les batteries étaient rangées dans ce tiroir !

Je sens qu'il y a une lutte entre l'obstination de l'homme des bois et l'arrogance du gourou. Pourtant ce dernier doit se poser des questions car il ouvre le second tiroir.

Armand triomphe :
– Tu vois, elles étaient là !
– Impossible. Quelqu'un a dû les déplacer. La personne qui s'est introduite ici...
– Arrête. Quel intérêt de venir changer des batteries de place ? Si un voleur avait pénétré ici, il les aurait prises. C'est tout. Inutile d'aller chercher midi à quatorze heures.
– Je vais les garder avec moi pour plus de sécurité.
– Si tu veux...

Voilà qui ne m'arrange pas. J'avais encore l'espoir d'attendre leur départ et d'embarquer les batteries.

Armand a une autre idée.
– Au fait, ce ne serait pas plus pratique de les planquer dans la grotte ?

De nouveau, je dresse l'oreille. De quelle grotte s'agit-il ? C'est la première fois que je l'entends mentionner.

– Non, ne mettons pas tous nos œufs dans le même panier.

Est-ce que, par œuf, il voudrait parler de mon reup ?
– Je vais dormir. On s'occupera de la fenêtre demain matin au plus tôt. Je ne veux pas que les enfants voient ça.

Je n'aime pas cette manie qu'il a de nous désigner comme des gamins alors qu'on est presque des adultes, surtout qu'une majeure partie d'entre nous est émancipée. Il est bien placé pour le savoir.

Les deux hommes refluent vers une autre pièce. Je me rends compte que j'avais cessé de respirer depuis de longues secondes. L'air me brûle la poitrine et me sèche la bouche.

Cette fois, je ne suis pas passée loin. Il est maintenant clair que Tête-d'Or est prêt à tout pour arriver à ses fins.

Les deux hommes échangent encore quelques mots avant de se quitter.

– Vas-y doucement sur les champignons, Victor.

– Tu sais bien que j'en ai besoin pour trouver le sommeil. Laisse-moi.

Cette histoire de champignons m'interpelle. Je me demande si ce sont les mêmes que nous avons mangés à chaque repas ou presque. C'est depuis que j'en consomme que je me sens vaseuse.

Ça existe, les champignons hallucinogènes, non?

J'entends Armand partir et j'en profite pour étendre mes jambes.

Quant à Tête-d'Or, il s'allonge sur le matelas que j'ai aperçu la première fois. Les vieux ressorts grincent.

Il me faut attendre que le gourou s'endorme pour partir à mon tour. Je guette sa respiration qui se calme peu à peu.

À moins que ce ne soit la mienne?

Je suis un homme à l'épaisse chevelure argentée. Il marche étrangement, en se balançant à droite et à gauche. Il avance trop vite pour moi.

Ce pourrait être mon père. Il a beaucoup blanchi en deux ans.

Mais je dois voir son visage pour en être sûre. Je tends la main et ne parviens qu'à lui effleurer l'épaule.

Il se retourne.

Ces yeux jaunes !

Ce n'est pas un homme, c'est un loup !

Merde !

Je me suis assoupie ! Encore cette manie bizarre de roupiller quand je suis en stress. Il faut dire que mes heures de sommeil cumulées se comptent sur les doigts de la main ces derniers jours…

Je m'étire. Mon dos crie à l'aide.

J'écoute. Tête-d'Or doit toujours être dans les bras de Morphée. Je n'entends plus rien.

Quelle heure peut-il être ? De là où je suis, il m'est impossible de regarder le ciel pour voir si l'aube s'approche.

Je rampe prudemment vers le couloir. Mes genoux frottent sur le parquet irrégulier.

Toutes les portes sont ouvertes. Je me fais super discrète pour ne pas réveiller la bête. Mes bras tremblent de peur et de fatigue. Une écharde me rentre dans la paume.

Le palais de Tête-d'Or n'est jamais qu'une pauvre cabane dans les bois.

Je ravale ma douleur et je continue. Je suis déjà au niveau du seuil donnant sur la chambre du gourou. Un coup d'œil rapide. Ses cheveux dorés retombent sur son visage et se perdent sur un vieil oreiller.

Il a la bouche ouverte, ronflant presque. Pas très glorieux, le Grand Architecte. Sur le côté, mes yeux, désormais accoutumés à la pénombre, distinguent des espèces de tiges claires.

Quand je fais le point dessus, il me semble que ce sont des pieds de champignons très étirés, terminés par un petit chapeau beige foncé. Tête-d'Or en serre encore entre ses doigts.

Il les mange crus alors ? Beurk !

Il a dû prendre sa dose avant de se pieuter.

Une tentation me vient. J'essaie de la repousser. En vain. C'est trop bête de repartir les mains vides. Et si c'était ma seule occasion de récupérer ma batterie ?

Tête-d'Or est dans les vapes ; je suis sur place ; je sais où se trouve l'objet. Les conditions sont parfaites pour moi. En plus, mon petit somme m'a requinquée...

Et si je peux faire fonctionner mon portable, je joindrai mon daron, Jérémie, ou même le lieutenant Nogar. J'ai leurs numéros dans mon carnet d'adresses.

Allez, je tente le tout pour le tout ! On ne dira pas que Lana Blum s'est dégonflée !

Après une grande inspiration, je pivote sur moi-même et je me penche sur le gourou endormi.

16

La respiration de Tête-d'Or envahit tout l'espace. Je n'entends que ça. J'ai l'impression qu'un dragon sommeille dans sa caverne, avachi sur son trésor.
Il a l'air plus grand endormi qu'éveillé. C'est peut-être une illusion due au clair-obscur mais on dirait que son corps dépasse des deux extrémités du matelas et que ses pieds disparaissent dans l'ombre.
Au moins, Tête-d'Or a le sommeil profond. Il ne bouge pas. Des odeurs de pourriture me titillent les narines et je comprends bientôt qu'elles proviennent des champignons. Ils ont dû être lavés trop rapidement.
Les paupières de ma cible ne cessent de tressauter. Il est sûrement en plein rêve. C'est le moment d'agir.
Alors, où a-t-il pu ranger les batteries ?
Il les a sûrement mises dans une poche. Il n'y a pas d'autre meuble dans la pièce.
Tête-d'Or ne s'est pas déshabillé avant de se coucher. Je grimace. Il porte toujours sa veste saharienne.

Si je me souviens bien, elle comporte deux poches pectorales.

Je force mes yeux pour discerner le moindre relief mais la lumière manque. Je vais devoir tâter.

La gorge serrée, je tends la main. Mes doigts tremblent comme ceux d'une vieille dame.

Enfin, je sens sous ma peau le contact du coton. Une petite décharge me traverse les phalanges. Je recule. Ce n'était qu'un peu d'électricité statique. J'inspire entre mes lèvres entrouvertes.

Je recommence.

Cette fois, pas de coup de jus. Mon index glisse sur la chemise à la recherche d'une bosse.

Tête-d'Or a un soubresaut. Je me pétrifie. C'est juste un mouvement réflexe. Ses rêves doivent être aussi amusants que les miens. À croire qu'il a du mal à s'aider lui-même.

Je continue mon exploration.

Enfin, je touche quelque chose de dur ! Il a placé les deux batteries dans la poche de poitrine. Elle est fermée par un rabat. Et un bouton.

C'est bien ma veine !

En appui sur mes deux genoux, le torse tendu au-dessus du dormeur, ma main gauche entre dans la danse. Mes gestes sont gourds. Je triture les disques de plastique pour les faire glisser dans la boutonnière. Ils résistent. J'insiste. Enfin, j'arrive à extraire le premier de sa fente.

Je réprime un soupir de soulagement. Il ne m'en reste plus qu'un.

Le temps d'étirer mes bras et le manège reprend. Cette fois, j'atteins mon but bien plus rapidement.

Il me suffit de soulever le rabat. Je sens le cœur de Tête-d'Or battre sous le tissu. C'est lent, puissant, tranquille. Ses cauchemars ont dû cesser. D'ailleurs, je ne vois plus ses paupières tressaillir.

Enfin, je touche au but. Mes doigts se posent sur les objets oblongs et plats. Je les attrape et les dégage délicatement. Je les sens chauffer sous ma peau, comme s'ils prenaient vie.

J'ai la bouche sèche, je suis en sueur et presque à bout de souffle. Mais je me sens bien.

Maintenant, il faut que je me retire.

Je recule, toujours sur les genoux. Direction la fenêtre.

Les morceaux de verre brillent sous le scintillement des constellations. Pas de problème pour les éviter. J'enjambe le cadre et me retrouve dehors. Une brise fraîche me caresse le cou.

Mais la silhouette en losange du grillage me rappelle que je suis toujours enfermée.

Un coup d'œil sur le côté. Pas de trace d'Ophélie.

Je n'ai pas de temps à perdre. Ma complice n'est pas en danger. De la conversation que j'ai surprise, rien n'indiquait qu'ils l'avaient chopée.

Je me dirige vers ma tente en contournant la maisonnette. Le silence règne. Maintenant que j'ai échappé au piège du chalet, cette mort miniature, je me sens renaître. Je respire mieux. Enfin, je vais pouvoir parler avec Jérémie !

Je ralentis en approchant des igloos. Ce n'est pas le moment de me casser la figure sur un fil.

En dépassant le nid d'amour d'Eunice et Dorian, je n'entends plus rien. Satisfaits, ils ont dû s'endormir à leur tour. J'arrive enfin devant mon toit. J'entre tranquillement.

Soudain, je me fige. Il y a quelqu'un à l'intérieur !

– Qui est là ?

– C'est moi.

La voix d'Ophélie me rassure sur-le-champ.

– Tu m'as foutu une trouille bleue !

– Désolée. Je ne savais pas où t'attendre.

Je me passe la langue sur les lèvres.

– Tu m'as lâchée...

– Quand j'ai vu débarquer Armand et Victor, j'ai paniqué. Je me suis cachée pour observer la suite. Comme je n'ai rien remarqué de particulier, je suis venue ici en me disant que tu te débrouillerais pour sortir.

D'un geste, je lui indique que ce n'est pas grave. Je dégaine les deux batteries.

– Regarde ce que j'ai trouvé !

– Qu'est-ce que c'est ?

– Nos batteries !

– Oh, génial !

– Tu as ton portable ?

Ophélie semble embêtée.

– Je l'ai laissé dans ma tente.

– C'est pas grave, j'ai le mien. J'appelle chez moi et ensuite on joindra tes parents, OK ?

Elle acquiesce. Maladroitement, je m'empare de mon smartphone, je l'ouvre et remets en place la batterie. Ça y est! Enfin!

Le bip d'allumage résonne. Je m'empresse de couper le son des alertes. Ophélie a sursauté. On est à cran.

L'écran s'affiche. Je lis l'heure avec surprise : il n'est que trois heures du matin. Le temps s'est écoulé beaucoup plus lentement que je ne l'aurais cru. Mais j'ai déjà lu quelque part que les prisonniers, privés de repères, avaient tendance à trouver le temps bien plus long qu'en réalité.

Par contre, il n'y a aucun réseau.

Quant à la pile qui représente la charge, elle est au plus bas, rouge et clignotante. Moi qui me voyais déjà loin d'ici!

– Pourtant, ton copain a réussi à te joindre hier...

Ophélie a raison. Il y a des endroits où on capte assez pour passer un coup de fil. Si je me souviens bien, c'était du côté sud, au niveau de la grille. Je préviens ma camarade :

– Bon, je vais essayer de choper le réseau. Tu veux prendre ton portable?

– Non, je viens avec toi. Je préfère.

C'est sûrement plus prudent.

De nouveau, on quitte la tente et on marche avec précaution vers le sud. J'ai posé l'écran sur ma poitrine pour ne pas attirer l'attention avec la lumière. J'aimerais que tout cela se termine.

On longe l'enceinte. Pas une barrette. Je me rappelle alors que j'ai dû dépasser les poteaux pour mieux capter. Mon bras est heureusement assez fin pour passer entre les mailles.

Je tiens l'appareil à bout de bras. Toujours rien.

On progresse d'un mètre. Je réitère l'expérience : pas mieux.

La troisième tentative est la bonne : une petite barre s'affiche enfin en haut à gauche, comme un dernier et minuscule espoir.

17

À bout de bras, je fais défiler les numéros des dernières communications. Celui de mon daron apparaît en premier. Après tout, c'est lui qui est le plus proche. Je lance l'appel en espérant que la lumière de l'écran ne va pas nous trahir.

Comme je ne peux pas coller mon oreille à l'appareil, je branche le haut-parleur. D'un glissement de doigt, je baisse le volume au minimum.

Ça sonne occupé. Le répondeur se déclenche encore et je devine plus que je n'entends :

– *Bonjour, vous êtes bien en relation avec le répondeur de Thomas Blum. Veuillez laisser un message après le bip sonore.*

Je raccroche tout de suite. Si mon vieux est prisonnier, ce n'est pas la peine de donner des infos sur moi. L'inquiétude me serre la poitrine.

Bon, changement de plan : j'appelle Jérémie. À cette heure, j'espère qu'il n'a pas éteint son portable. Je vois sur l'écran que j'ai plusieurs messages mais je les lirai plus tard.

– Tu surveilles les environs et tu me préviens si quelqu'un arrive.
– Pas de problème.
Je tente un nouvel essai avec un soupir.
C'est la mélodie des touches en accéléré, puis le silence, puis la tonalité de retour d'appel. J'ai l'impression que mon smartphone forme un véritable spectacle de son et lumière au milieu de la nuit.
– Allez, Jerem !
Je murmure entre mes dents. Il ne répond pas. Il ne va pas me lâcher maintenant !
Un déclic.
– *Lana ?*
Une vague de chaleur me remonte dans le ventre et m'envahit toute la poitrine. Sa voix ! Enfin !
– *Lana ? C'est bien toi ?*
Je voudrais répondre mais je n'y arrive pas. Ma gorge est trop serrée. Des larmes brûlantes me montent aux yeux.
La main d'Ophélie sur mon épaule m'aide à retrouver un peu de contenance.
– Oui, c'est moi.
– *Je t'ai laissé une trentaine de messages. Tu vas bien ?*
– Ça va. Tu avais raison. Je suis tombée dans un merdier pas possible !
Je lui épargne les détails de mes opérations nocturnes pour récupérer la batterie et vais à l'essentiel :
– C'est une vraie secte ici. Mon reup a disparu et j'ai l'impression que le gourou le retient quelque part.

– *Tu ne peux pas t'enfuir ?*
– Il y a du grillage partout. Il faut que tu avertisses la police.

Il réfléchit deux secondes.

– *J'allais le faire de toute façon mais, pour les disparitions, il faut donner un motif d'inquiétude. Ton père est majeur. Tu l'as vu s'en aller ?*

– Non, il m'a écrit un mot.

– *Aïe, c'est mauvais. La police ou la gendarmerie ne pourront pas intervenir très rapidement, ils vont rechigner. Est-ce que vous avez été victimes de violences ou de menaces ?*

– Pas directement.

– *En plus, je ne suis même pas de la famille... La seule solution serait de joindre ton lieutenant Nogar. Il saura convaincre ses collègues que l'affaire est sérieuse.*

– Oui, vas-y !

Néanmoins, je commence à voir la situation sous un autre angle. Si je préviens la police trop tôt, je perds toute chance de réunir des preuves tangibles et de faire tomber la secte. Moi, je pourrai partir mais je ne sais pas si je retrouverai mon daron. Et puis, je pense à Ophélie et aux autres qui sont plus ou moins sous la coupe de Tête-d'Or.

– *Tu sais où vous êtes ?*

J'essaie de me remémorer les détails.

– On était sur l'A75 en direction du sud. On a quitté l'autoroute juste après l'aire de la Lozère. Je ne me rappelle plus le numéro de la sortie. Il y avait des noms de villes. Genre Rajevols ou un truc comme ça.

– *D'accord. À combien de kilomètres vous êtes de l'A75 ?*

– Aucune idée. On a dû voyager pendant une demi-heure. Mais je n'ai rien vu de la route et j'ignore à quelle vitesse on allait.

– *C'est noté. Je vais signaler tout cela à Nogar. En attendant, fais super attention. J'ai traîné sur des forums de rescapés de sectes. Firmitas serait en lien avec un mouvement baptisé Oïkoumène.*

– Jamais entendu parler avant que tu le mentionnes hier.

– *Normal, ils sont plutôt discrets pour le moment. Leur but avoué serait d'être reconnus comme une Église à part entière. Ils se réclament d'un ange nommé Ayatiel qui aurait pris la place de Dieu.*

– Un peu tordu, comme histoire.

– *Le plus étrange, c'est que tout cela est véritablement une histoire : on en retrouve tous les éléments dans un roman intitulé* El, *d'un certain John Gregan.*

Je sursaute.

– Ce bouquin traînait dans le camp !

– *Très bien. Comme ça, on a un élément permettant d'établir le lien entre Firmitas et l'Oïkoumène.*

– J'ai vu aussi un livre. Le titre était *La révélation de Mahatma* ou quelque chose d'approchant...

– *Maharbi ?*

– Oui, exactement !

– *Leur prophète. Il affirme avoir eu une apparition de l'ange Ayatiel lors d'un voyage au Yémen. Selon lui, l'avenir appartient à des élus...*

– Laisse-moi deviner : les enfants-horizon.
– *Oui. Et c'est là que les problèmes commencent. L'Oïkoumène en général et Firmitas en particulier ont été accusées à plusieurs reprises de déprécier les parents, de séparer les enfants de leur milieu familial, de récuser le système scolaire et de disqualifier la médecine classique.*
– Eh bien...
– *La liste n'est pas terminée. J'ai effectué des recherches sur celui qui dirige la branche française de Firmitas. Il s'agit de Victor de Vrocourt, un architecte. Il a été victime d'une dépression il y a quelques années, il a sombré dans diverses drogues et a adhéré aux thèses de Maharbi.*

Pour l'instant, tout correspond.

Un bip me signale que la batterie est au bout du rouleau mais j'ai besoin d'avoir le maximum de détails pour m'en sortir. Jérémie poursuit, pris par son sujet :

– *La suite est encore plus intéressante. Firmitas a réussi à s'implanter grâce à des stages de rééducation pour les jeunes.*
– Je suis déjà au courant.
– *Certes, mais ils se sont attaqués aussi aux adultes. Ils ont pu s'approcher des entreprises en leur proposant des séminaires de cohésion et de motivation. Devine qui est leur plus gros client ?*
– Je ne vois pas...
– *McNess & Visanto.*
– Encore eux !

Pour avoir déjà eu affaire à eux à plusieurs reprises, je pense que c'est la multinationale la plus malfaisante de la planète.

– Mais quel est l'intérêt d'employer une secte ?

– *Il semble que la direction de McNess & Visanto soit noyautée par des membres de l'Oïkoumène. Par exemple, le patron de Restène, l'une de ses filiales, s'appelle aussi de Vrocourt. C'est le frère de Victor. Et un adepte comme lui.*

Je suis étourdie par les ramifications de cette affaire. C'est à croire que je ne peux pas faire un pas sans tomber sur une machination montée par ce groupe. Soudain, une question surgit :

– Mais comment mon vieux s'est-il retrouvé avec eux ?

– *Là aussi, j'ai cherché. Ton père apparaît dans l'organigramme de la division Europe de MNV Networks, l'une des plus grosses entreprises de télécommunication au monde et une filiale du groupe McNess & Visanto.*

Je suis estomaquée par cette révélation.

– Ça veut dire qu'il travaille pour les méchants ?

– *Oui. Mais le mien aussi, si tu te souviens bien...*

Je l'entends pianoter sur son clavier à la recherche de nouveaux sites.

– *Oh, méfie-toi de Victor de Vrocourt. Je viens de découvrir qu'il a été mis en examen pour tentative d'enlèvement, séquestration, coups et blessures volontaires et abus de faiblesse.*

– J'imagine que les avocats de McNess & Visanto l'ont brillamment défendu...

– *Exact, il a été relaxé pour de multiples vices de procédure. En tout cas, ce n'est pas un enfant de chœur.*

Cela me conforte dans l'idée qu'ils détiennent mon dabe.

Le smartphone émet une nouvelle alerte. Mon sang ne fait qu'un tour. J'y repense soudain :

– Ah oui, ils ont parlé d'une grotte où serait mon reup. Tu pourrais chercher par là.

Une autre idée me vient brusquement :

– La rivière ! On est à côté d'une rivière ! Il a précisé que c'était la plus importante de...

Je n'en dis pas plus car mon écran est désormais tout noir.

La batterie vient de rendre l'âme.

18

Je tiens toujours mon smartphone à bout de bras, stupide. Pour un peu, je l'agiterais dans l'espoir de le faire repartir. Mais il est trop tard.

Une brusque inspiration me traverse.

Je ramène mon appareil de ce côté du grillage et l'ouvre. Puis, après avoir fait place nette, je tente d'insérer la seconde batterie.

Évidemment, elle ne rentre pas. Les modèles sont incompatibles.

Je me tourne vers Ophélie.

– Il faut qu'on essaye avec ton portable.

Elle n'a pas l'air très chaude. Ses yeux ne cessent de revenir vers le camp endormi.

– On devrait arrêter tout ça. On va se faire prendre…

– Si on ne tente rien, on est coincées ici jusqu'à la fin du stage à se faire bourrer le crâne !

Cela ne suffit pas à la convaincre. Je me rends compte qu'elle est complètement terrifiée. Je dois composer avec. Mes mains se posent sur les épaules nues de ma complice. Sa peau est glacée.

– Écoute, je te promets un truc : on récupère ton téléphone et, dès que je l'ai utilisé, je vais ranger les batteries dans le chalet. Comme ça, personne n'en saura rien. Tu es d'accord ?

Ses yeux fuient les miens. Je la secoue gentiment. Elle finit par m'accorder un regard inquiet. Sa voix n'est qu'un souffle :

– D'accord.

Elle ajoute, après un instant :

– Mais je ne veux pas que tu coures des risques inutiles. Ma batterie aussi était presque vide.

C'est ce que je craignais. Lâcher des ados à la campagne sans électricité pour recharger leurs appareils expose à ce genre de risques. La prise allume-cigare m'a sauvée pendant un moment, mais ce n'était manifestement pas suffisant.

Maintenant que j'ai obtenu l'accord d'Ophélie, je n'ai plus de temps à perdre. Je la pousse doucement en direction de sa tente.

On retrouve la zone semée d'igloos sombres. J'enjambe les fils. Tout le monde dort : il ne doit pas être plus de trois heures et demie du matin.

On arrive enfin à destination. Je guette les environs tandis qu'Ophélie ouvre le zip. J'attends qu'elle ait repris son smartphone. Dès qu'elle ressort avec le précieux appareil, on se replie vers le point du grillage où le réseau survit encore. Je mets en place la batterie, allume. Yes !

L'appareil est verrouillé. Je le tends à Ophélie.

– Tape ton code !

Les mains tremblantes, elle fait glisser son index sur la surface tactile. Échec. Elle réessaie. Nouvel échec. Je commence à m'énerver.

— Qu'est-ce que tu fous ?
— Je n'y arrive pas !

Elle sanglote presque, grelotte. Pas étonnant qu'elle se trompe. Néanmoins, je trouve sa maladresse un peu louche.

C'est sa dernière tentative. Ensuite, l'accès sera bloqué pendant un moment.

— Souffle. Reprends tes esprits. On ne peut pas foirer ce coup-là !

Elle est prête à fondre en larmes, la pauvre. Je m'en veux de la rudoyer, mais les circonstances m'y obligent. Pour la troisième fois, son doigt relie les points suivant une figure compliquée.

Nouveau clignotement écarlate.

Je suis dégoûtée. C'est mort ! Comment a-t-elle pu se tromper à trois reprises ?

— Tu le fais exprès ou quoi ?
— Non, je te jure !

Je m'efforce de me calmer. Ce n'est pas sa faute après tout. Elle n'est pas habituée à ce genre de pression. Comme toute personne normale. Je suis l'exception dans cette histoire.

Je soupire.

— Bon, il va rester bloqué combien de temps ?
— Deux…

Un hoquet la coupe. Je termine la phrase à sa place :

— Deux heures !

D'ici là le soleil sera levé. Il sera trop tard. Après tous les risques que j'ai pris, elle n'est même pas capable d'allumer son propre portable ! Je marche de long en large pour évacuer ma frustration.

– C'est pas grave. On aura essayé. Au moins, j'aurai pu avertir Jérémie.

Ma gorge se serre quand je songe à la suite. Mais j'ai promis. Moi, je ne la laisserai pas tomber.

– Viens, je vais remettre les batteries.

Ophélie me retient par le bras.

– N'y va pas ! C'est trop dangereux !

Elle me fait mal avec ses ongles longs. Je me dégage un peu brutalement.

– Il faut bien que quelqu'un s'en charge si on ne veut pas vivre un enfer.

Je tends la main. Après un moment, elle y dépose la batterie inutile.

J'ai beau jouer les braves, je n'en mène pas large. La simple idée de retourner dans la maison me file des crampes à l'estomac.

Je traîne des pieds en avançant vers la fenêtre brisée, dont le trou semble dessiner des visages grimaçants. J'ai l'impression de monter à l'échafaud. D'ailleurs, le morceau de vitre, cassé en biais, me rappelle la lame biseautée d'une guillotine.

Je pose un caillou dans la main d'Ophélie.

– Cette fois, tu me couvres pour de vrai, OK ?

Elle hoche la tête. Rien n'est moins sûr. Mais, je préfère lui laisser des responsabilités. Ça me rassure.

Après avoir longuement expiré, je passe de nouveau ma jambe par-dessus le cadre et tends l'oreille.

Si mes forces s'épuisent, mes sens semblent de plus en plus aiguisés. Les détails de la maison m'apparaissent clairement, même ceux qui sont rejetés dans les coins sombres.

Quant aux sons, je les perçois comme s'ils étaient tout proches.

Le revers de la médaille, c'est que j'entends ma respiration et les battements de mon cœur : un vrai vacarme organique !

J'évite encore les morceaux de verre. Cette fois, je reste debout. Je ne compte pas m'attarder ici. Mes semelles sont assez molles pour étouffer les bruits de pas.

Je passe dans le couloir. Plus je m'approche du gourou, plus je ralentis mes gestes. Le temps s'arrête presque.

Le couloir.

Je me ménage une pause de quelques secondes avant d'entrer dans la cage au fauve. Ma tête se faufile dans l'embrasure.

Tête-d'Or est toujours, là, couché, endormi. Sa crinière blonde lui couvre entièrement le visage. Dans son sommeil, il a relâché les champignons qu'il serrait convulsivement.

Je sors les batteries de ma poche. Il n'y a plus qu'à remettre le couvert.

Mais cette fois je ne vais pas m'amuser à le reboutonner.

Prenant mon courage à deux mains, je m'avance et m'agenouille. Je suis assaillie par la même odeur de pourriture. La poche de poitrine est heureusement toujours accessible.

Je soulève le rabat et glisse les batteries avec d'infinies précautions. Je suis assez fière de moi. Difficile d'agir de façon plus coulée.

Mission accomplie.

Les objets sont en place. Je n'ai plus qu'à sortir.

Je vais pour me détourner quand Tête-d'Or ouvre soudain les yeux et m'attrape le poignet !

19

J'ai tellement peur que je ne pense pas à me dégager. Je suis raide et glacée.

La poigne de Tête-d'Or est puissante : il me fait mal. Ses doigts me rentrent dans la chair. Ma main blanchit.

Un œil clair me fixe entre deux mèches. Que va-t-il me faire ?

Sa bouche remue derrière le rideau de cheveux. Il marmonne d'une voix pâteuse :

– Ayatiel ?

Je n'ose pas répondre, mais mon cœur tressaute d'un nouvel espoir. Il m'a appelée du nom de son ange bizarre.

– Ayatiel ?

Je chuchote en retour :

– Oui...

Il se détend un peu. Manifestement, il rêve encore. C'est sans doute une phase de sommeil où il est proche du somnambulisme.

– Bénis-moi, Ayatiel ! Je suis perdu !

J'aurais presque pitié de lui s'il n'était pas susceptible de me massacrer. Je n'ai pas oublié ce que Jérémie m'a raconté sur son passé. Si j'en juge par son étreinte, il possède une sacrée force.

Je joue le jeu :

– Je te bénis.

– Repousse les loups ! Ne les laisse pas me dévorer !

J'ai l'impression que ses nuits sont aussi sympas que les miennes même s'il a dû se shooter pour être dans cet état. Je commence à soupçonner que le mot « loup » ne désigne pas que les animaux mais aussi les ennemis de la secte. Je reste dans le rôle et promets :

– Je les repousserai.

Il exhale alors un long soupir et me relâche, traçant des zébrures sur mon avant-bras. Son œil visible se révulse et se ferme enfin.

Je recule très lentement, toujours à quatre pattes. Pourvu qu'il ne se souvienne de rien au matin ! Sa respiration redevient calme, régulière. C'est le moment de partir.

Je repasse dans le couloir, puis dans la pièce. Aïe ! Ma main vient de se poser sur un morceau de verre ! Un liquide chaud me coule aussitôt sur la paume. Et dire que j'ai fait attention à chaque fois ! C'est rageant !

Pour l'instant la douleur n'est pas trop forte. Le tranchant était si coupant que la blessure s'avère nette. Tout en tentant de ne pas saigner sur le tapis, je ressors.

Ophélie est là. Elle est restée en poste cette fois.

– Ça va ?
Je lui montre ma main.
– Tu saignes ?
– Ça devait finir par arriver...
Elle sort un mouchoir de sa poche. Devant mon étonnement, elle précise :
– Il est propre.
– Non, ce n'est pas ça. C'est juste gentil de ta part.
Ma complice me le noue autour de la main. Le tissu blanc s'assombrit aussitôt. On s'éloigne en hâte du chalet. Finalement, je ne m'en tire pas si mal.
Vers la zone des tentes, on s'arrête. Je la serre contre moi. On a réussi quelque chose d'important ensemble. C'est une sorte de pacte qu'on vient de conclure.
– Repose-toi bien. Demain, on devrait être tirées d'affaire.
Ophélie sourit. Je rentre dans ma tente, heureuse du travail accompli. J'ai bien assuré, je trouve.
À peine allongée sur mon tapis de sol, mes yeux se ferment.

Je rêve du loup blanc.
On est au rez-de-chaussée de Gustave-Caillebotte. Le lycée est désert. L'animal erre et ses griffes cliquètent sur le plancher.
Nous avançons. Je sais qu'il veut me mener quelque part mais j'ignore encore où.
On atteint les escaliers.

Le loup monte les marches et, arrivé sur le palier, il se tourne vers moi.

Il m'attend.

Je me réveille. Il fait grand jour.

Mon premier réflexe est de regarder ma main. J'ôte le mouchoir d'Ophélie et observe la plaie. Rien de grave. Ce n'est même pas enflé. J'humecte le bout de mon doigt pour nettoyer le sang séché. Une telle blessure pourrait me désigner directement comme la responsable du carreau brisé. Je vais devoir ruser pour la dissimuler.

Je me lève, presque reposée. J'ai dû dormir deux ou trois heures d'affilée.

Même si je ressens toujours une oppression, mes cauchemars sont moins terribles ces derniers temps. De prédateur menaçant, mon loup est devenu une sorte de guide.

Je sors de la tente.

Bien sûr, tout le monde est déjà debout. Le grand feu craque au milieu du camp et les jeunes s'affairent autour. Je vois Eunice et Dorian. Rien ne trahit leur petite aventure de la nuit.

Thomas est à l'écart, occupé à préparer le café. Je ne trouve Jason nulle part.

– Salut, Lana !

Je sursaute. Il se tient juste derrière moi.

– Excuse-moi, je ne voulais pas t'effrayer. Tu as bien dormi ?

– Oui.

Thomas arrive vers nous avec deux tasses de café fumant. Malgré mon goût limité pour cette boisson, j'accepte.

C'est encore plus dégueulasse que la veille. À se demander s'ils n'ont pas mis des champignons là-dedans.

Affectant la soumission, je l'avale rapidement. Le liquide me réchauffe les entrailles. Mais la saveur amère est tellement immonde que je manque vomir. Le regard de Jason m'encourage à rester digne.

– Quel est le programme aujourd'hui ?
– On passe à l'édification de plusieurs bungalows. Le but est de tout bâtir en dur d'ici la fin du mois.
– Ça représente un sacré chantier !
– Oui mais nous apprenons à chaque fois. Du bungalow, nous passerons à des maisons, puis à des immeubles. C'est ainsi que ce camp deviendra une ville.

Une ville au milieu de nulle part ? Sans infrastructures ? Sans sources d'énergie ? Ce projet me semble voué à l'échec. Cependant, je me contente de répondre :

– Il y en a pour des années.
– D'autres enfants-horizon viendront.

Ses yeux se perdent dans le lointain. Une idée m'effleure :

– Il n'y a pas d'excursion prévue ?
– On pourra descendre à la rivière.

– Et ce n'est pas possible de faire autre chose ? De la spéléo, par exemple. J'ai entendu dire qu'il y avait des grottes dans la région…

Je m'efforce de conserver un ton neutre mais je suis suspendue à ses lèvres. Jason ne trouve pas de malice dans ma question.

– Il y a bien la grotte des Brigands…

Je note mentalement le nom.

– Elle est loin ?

– Non, il suffit de descendre la rivière…

Il s'interrompt brusquement avant de se reprendre :

– Mais on n'a pas de matériel pour la spéléo. Et, comme tu l'as remarqué, on risque de manquer de temps pour réaliser le programme de construction.

– C'est vrai.

Je lui délivre un large sourire. Il doit toujours penser que je suis sous son charme.

À cet instant, Tête-d'Or s'approche de nous. Il n'a rien à voir avec l'épave droguée que j'ai croisée cette nuit. Il arbore des cheveux dignes d'une pub pour le shampooing.

– Tout va bien, les jeunes ?

Je vois qu'il observe attentivement mes mains et mes bras, sans doute à la recherche de coupures. Mais j'ai eu la présence d'esprit de saisir la tasse dans ma main blessée. Cela fait un peu mal mais l'entaille est invisible.

Tout à l'heure, je ferai semblant de tomber, les paumes en avant. Cela expliquera ma plaie. De toute façon, avec les travaux, presque tout le monde arbore au moins un pansement.

À l'heure qu'il est, Jérémie doit être en train de remuer ciel et terre pour avertir Nogar et le lancer sur ma piste. Le lieutenant sait que, quand je fais appel à lui, ce n'est pas du flan.

Pour la première fois depuis que je suis ici, je respire un peu. L'ambiance est toujours lourde car je sais que tout le monde me ment, que Tête-d'Or a une case en moins, que mon daron est enfermé quelque part. Mais la situation ne devrait pas s'éterniser.

– Où est Ophélie ?

Bonne question de mon gourou préféré. Je ne l'ai pas encore vue ce matin. J'embrasse le camp du regard. L'inquiétude me submerge.

Je fonce directement à sa tente.

– Tu es là ?

Un grognement me répond. Je respire.

Quelques minutes après, une Ophélie toute décoiffée émerge. On échange un sourire.

Elle s'étire.

– Tu as déjà petit-déjeuné ?

– Juste du liquide. Et toi ?

– Non plus. Viens, on va se faire des tartines.

On se rapproche de la nourriture. Je me rends compte que je suis affamée. Je regarde ce qu'il reste car les autres sont déjà passés par là. Jason, toujours serviable, indique :

– Il y a du pain dans le Tupperware.

J'attrape la boîte en plastique. Elle semble bien lourde. Je m'apprête à en virer le couvercle mais Ophélie me la prend des mains en riant.

– Moi d'abord !

Elle plonge les doigts dans l'ouverture.

Et pousse un cri affreux. Elle lâche le récipient qui chute en s'ouvrant largement.

Un serpent à tête triangulaire s'en échappe en émettant un sifflement menaçant.

20

En fait, ce n'est pas un vrai sifflement, plutôt un chuintement qui ressemble à celui des chats en colère.

Le reptile prend la fuite et son dos orné d'une longue bande en zigzag ondule dans l'herbe rase. Mon seul réflexe est de bondir en arrière. Un cri de frayeur m'échappe.

Mes yeux reviennent sur Ophélie. A-t-elle été mordue ? Je lui attrape la main. Deux petits trous marquent la chair tendue entre le pouce et l'index. C'est rouge et j'aperçois une tache blanchâtre.

– C'était une vipère, hein ?

Ophélie est complètement paniquée. Que faut-il faire dans ces cas-là ? J'essaie de l'apaiser, histoire de me calmer moi-même. D'un regard, je vérifie que le serpent est bien parti.

– Assieds-toi. Ne bouge pas. Il faut ralentir la circulation sanguine.

J'ignore d'où je sors cela mais j'ai dû le lire quelque part. Peut-être des conseils de ma mère avant une colonie de vacances ?

Mon amie acquiesce et obéit. Plus j'aurai l'air de savoir ce que je fais, plus elle m'écoutera. Je demande à la cantonade :

— Est-ce qu'on peut lui apporter un oreiller pour qu'elle s'allonge ?

Jason arrive vers moi avec une grosse seringue.

— On va aspirer le venin avec ça !

Je ne suis pas certaine que le dispositif fonctionne, mais ça ne peut pas faire de mal. Au moins, on n'aura pas à sucer les plaies avec la bouche.

Le garçon applique une ventouse transparente sur les deux traces de morsure qui évoquent une attaque de vampire. Il tire sur le piston de la pompe. Rien ne se passe.

Il recommence sans plus de succès.

Entre-temps, je m'emploie à rassurer Ophélie :

— Ça ira, on va te conduire à l'hôpital.

Tête-d'Or arrive à ce moment précis.

— Ce ne sera pas nécessaire. Jason est intervenu rapidement. Cela suffira.

— Vous rigolez ? Il faut lui administrer du sérum antivenin !

— Tu t'emballes, Lana, et cela inquiète notre amie.

Il m'a saisie par le bras et m'entraîne à l'écart. Mais il agit de façon si coulée que je m'en rends compte trop tard. Sa voix me parvient de très loin.

— C'était peut-être une couleuvre...

— Non, la tête était triangulaire !

Je suis prise d'un vertige étrange. Que m'arrive-t-il ?

– On peut se trouver dans le cas d'une morsure sèche, sans venin…

– J'ai vu une goutte blanche !

Je suis obligée de m'appuyer contre le mur du chalet. Il est trop tôt pour une insolation. Je ne suis pas en manque de sommeil. Ce n'est pas non plus une crise d'hypoglycémie. Alors pourquoi le décor tourne-t-il autour de moi ?

– On a réagi assez tôt de toute façon, comme il le fallait. Un linge humide et froid aidera Ophélie à s'en remettre.

J'insiste, alors que je suis au bord de l'évanouissement :

– Elle a besoin de sérum !

– La plupart de ces morsures sont sans conséquences fâcheuses. J'ai été mordu à plusieurs reprises et, en trois jours, c'était passé.

Je ne parviens plus à lui répondre. Je m'affaisse.

– Tu devrais te reposer. Toutes ces émotions t'ont secouée.

Même si je hais le ton paternaliste de Tête-d'Or, je ne peux pas faire autrement que m'adosser aux rondins. Une nausée effroyable me remonte dans la gorge. Pendant un instant, j'ai l'impression que mon cœur ne bat plus.

Je tends l'oreille. Si, il fonctionne toujours. Très lentement. En même temps, je crève de chaud. Je transpire par tous les pores de ma peau. Ce n'est pourtant pas le moment d'avoir un malaise !

J'ai envie de retourner auprès d'Ophélie mais mes jambes ne me portent plus.

Je ferme les yeux pour ne plus voir danser les pins. Des voix confuses chuchotent autour de moi. Des voix colorées qui se projettent à l'intérieur de mes paupières.

Mon estomac se tord et je vomis sur le côté.

Que se passe-t-il ? La question revient en boucle dans mon esprit. À croire que c'est moi qui ai été mordue. Je suis malade. Il y avait donc vraiment des champignons hallucinogènes dans le café ? Non, c'est trop gros.

Avec mon cerveau ralenti, je m'oblige à réfléchir.

Ce n'est pas la première fois que je délire depuis que je suis arrivée ici. Est-ce que je suis brusquement devenue folle ? À force de tout garder pour moi, de me renfermer, de me taire, j'ai peut-être pété un câble. Il fallait s'y attendre.

Je vais finir comme Jennifer Martin qui hallucinait en plein cours.

Une fois, elle s'est mise à parler toute seule de gens qui la menaçaient. Il a fallu l'intervention des pompiers et de Mme Rivière pour l'embarquer.

Quand elle est revenue, quelques semaines plus tard, elle était assommée de médocs.

Je n'ai aucune envie de suivre son exemple.

On dirait que le plus gros de ma crise est passé. Je me sens un peu mieux. J'ai dû tomber dans les vapes pendant un moment parce que j'entends des gens discuter près de moi comme si je n'étais pas là.

Pas si près que cela, en fait. J'ai du mal à capter leurs paroles. Je reconnais d'abord Jason.

– ... Vipère aspic... Appeler au moins les secours... Tête-d'Or n'est pas d'accord.

– ... Ira bien... Pire évité...

La formulation me ferait presque sourire. Dire qu'on a monté des grilles censées nous protéger des bêtes sauvages ! Tout ça pour qu'un serpent mette la vie d'Ophélie en danger.

Cette pensée achève de me réveiller.

Jusque-là, je me tenais bien tranquille (enfin, façon de parler) en attendant que Jérémie envoie Nogar et la cavalerie. Mais là, le temps presse. En quelques heures, la situation peut s'avérer fatale pour Ophélie.

Je résiste. En plus, je trouve louche cette vipère atterrissant dans une boîte fermée hermétiquement. Tout aussi louche que mes hallucinations.

Cela a peut-être à voir avec le café. S'il était si fort, c'était pour couvrir l'amertume de la drogue qu'on a mise dedans. GHB ? Ecstasy ? Cannabis ? Amphétamines ? Je ne suis pas une spécialiste en la matière, mais je suis sûre que c'est après en avoir bu ce matin que j'ai de nouveau éprouvé ces sensations.

Je dois me tirer d'ici.

Pour l'instant, je continue à jouer les inconscientes. Jason et Tête-d'Or se sont éloignés. Je tente d'observer les environs à travers mes paupières mi-closes. La lumière prend aussitôt ses aises dans mes pupilles, déversant des batailles d'arcs-en-ciel en panique.

Puis, les visions colorées s'estompent quelques instants.

Je profite du répit pour repérer Ophélie. Mais je ne la vois nulle part. L'auraient-ils transportée dans sa tente ? J'en doute. Elle doit se reposer dans le chalet.

Je tourne la tête.

Personne. Je me redresse péniblement.

Les gens du camp sont sûrement à la rivière pour la baignade matinale. C'est l'occasion de détendre tout le monde et de s'occuper tranquillement d'Ophélie. Loin des regards. La chaleur monte. Le soleil s'annonce seulement à mi-hauteur dans le ciel. On est encore loin de midi.

Sur la droite, je remarque que Jason, Tête-d'Or et Armand sont occupés à nettoyer la camionnette blanche qui est garée du côté sud.

L'entrée du chalet est tout près de moi. Profitant du fait qu'ils me tournent le dos, j'appuie sur la poignée qui (miracle !) s'ouvre.

Je me faufile à l'intérieur à quatre pattes.

L'avantage d'être stone, c'est que j'ai moins peur.

Mais mes mouvements ne sont pas assurés. D'ailleurs, à peine entrée, je m'étale sur le sol. Ma réaction me surprend moi-même : j'éclate de rire !

– Lana ?

Ophélie s'assoit sur le matelas du gourou. Elle n'a pas l'air bien. Je regarde sa main : complètement enflée. Elle bégaie :

– J'ai super mal !

La plaie est enflammée. L'œdème est en train de gagner tout le bras. Ce n'est pas bon signe.

— Victor refuse de m'emmener à l'hôpital alors que je souffre de plus en plus. Il dit que la médecine traditionnelle est une vaste escroquerie. Que mon engagement est mis à l'épreuve. Je veux m'en aller !

Elle tente de se relever mais elle retombe sur le dos.

— Ne t'agite pas. Ce que tu as de mieux à faire, c'est de rester immobile.

— Tu penses que la police arrive bientôt ?

Je me mords les lèvres, hésitant à lui mentir.

— Ils sont sûrement déjà en route. On ne va pas prendre de risque : je vais aller à leur rencontre.

— Victor ne te laissera jamais sortir.

— Je ne compte pas lui demander son avis…

On échange un sourire. Je ne perds pas de temps. La drogue qu'elle a ingérée doit aussi affaiblir son organisme.

— À tout à l'heure ! Je te jure que ça va aller.

Je continue de faire bonne figure jusqu'à être sortie. Là, je sens le poids de ma promesse. Diminuée comme je suis, il me sera difficile de la tenir.

Mais la chance semble me sourire.

En jetant un œil sur la droite, j'aperçois le portail du camp, entrouvert, la chaîne pendant sur le côté.

Jason n'est plus visible. Il doit surveiller les autres à la rivière.

Restent Armand et Tête-d'Or. S'ils ouvrent la porte, s'ils ont approché l'arrière de la camionnette, c'est qu'ils ont dans l'idée d'évacuer Ophélie, non ? Je me replace en position de dormeuse à l'entrée de la cabane.

Les deux hommes s'approchent.

J'entends leurs pas. Ils me dépassent. L'un d'eux me gratifie d'un léger coup de pied dans la cuisse. Je ne bouge pas.

— T'inquiète, elle a eu sa dose de psilocybine.

Armand renifle avec satisfaction. Ils entrent. La porte de bois claque.

C'est le moment.

Je me lève à toute vitesse. L'horizon bascule soudain. Je tombe sur le côté. Mon coude heurte une pierre et la douleur irradie jusque dans l'épaule.

Je me relève en me tenant le bras. Les nuages dans le ciel forment des gueules grimaçantes. Ils se moquent de moi, de mes efforts. Je décide de les ignorer.

Vite! Je m'élance.

D'un seul coup, je ne sens plus mes jambes. Elles ne m'obéissent pas. J'ai l'impression de flotter au-dessus du sol, un peu comme dans les rêves. Mon corps fonctionne sans moi.

Le portail se rapproche.

Alors que je suis à quelques mètres seulement, un cri s'élève derrière moi.

— Arrête-toi tout de suite!

C'est Tête-d'Or. Je suis grillée.

21

Je me retourne brusquement. Ils sont sur le seuil du chalet. Ma chance, c'est qu'ils ont les bras occupés à porter la blessée.

Armand est le plus rapide à réagir. Il largue Ophélie et se précipite dans ma direction. Mais, par réflexe, elle se cramponne à lui.

– Lâche-moi !

C'est ma chance.

Je me rue vers l'entrée. Je n'ai plus rien à perdre. Derrière moi montent des bruits de lutte.

Plus que deux mètres pour atteindre le grillage. J'ai l'impression que je peux m'effondrer à tout moment. Je suis exténuée. Les grosses chaussures de l'homme des bois font un boucan infernal.

Enfin, je me glisse dans l'ouverture. Mes yeux repèrent le cadenas. Si j'osais ?

Je m'arrête brusquement. Mes doigts attrapent la chaîne et la passent dans les battants. Mes petits camarades ont bien travaillé : il y a des logements renforcés exprès pour ça.

Mais je suis si maladroite !

Le serpent de métal m'échappe et je dois m'y reprendre à plusieurs fois avant de joindre les deux extrémités.

Pendant ce temps, Armand n'en finit pas d'approcher. Il semble hors de lui avec sa grosse barbe hérissée.

Il ne me reste plus qu'à boucler le tout. J'enfile l'arceau métallique dans les derniers maillons.

Un déclic.

Ça y est !

À cet instant, Armand vient heurter le grillage de toute sa puissance. Je suis projetée en arrière et tombe sur le dos.

– Tu vas voir si je te mets la main dessus !

Il s'efforce de passer la main entre les battants pour attraper le cadenas. Je constate alors que la clé est toujours dans la serrure !

Le gars éructe. Sa grosse pogne a du mal à se frayer un chemin entre les cadres de fer. Je dois en profiter même si l'homme a des allures de loup enragé.

Je me relève et j'avance vers le boîtier. Les doigts aux ongles rongés sont déjà dessus. Rapidement, je m'empare de la clé et tire dessus. Mais je ne suis pas dans l'axe. Et mes efforts sont inutiles.

J'insiste. Me penche.

Cette fois, c'est bon ! Je possède la clé. L'enceinte devrait retenir les autres un moment.

Après un dernier regard à Ophélie qui est couchée sur le sol, très pâle. Je ne dois pas la laisser tomber !

Je pivote sur moi-même et emprunte le chemin poussiéreux. Derrière moi, les cris de rage se muent en hurlements sauvages. Je fuis sans me retourner.

Mais au bout d'une centaine de mètres, je comprends mon erreur. Si je suis la route, ils me rattraperont très vite avec leur camionnette. Il vaut mieux m'enfoncer dans les bois.

J'oblique sur la droite, escalade un talus et déboule au milieu de fougères si sèches qu'elles en deviennent coupantes. Puis le sol se teinte de rouge et des milliers d'aiguilles le recouvrent.

Je suis au milieu d'une pinède. L'odeur de résine me chavire. Les branches semblent se tourner vers moi pour m'agripper. J'espère que les effets de cette drogue vont bientôt cesser parce que je suis à deux doigts de devenir folle.

Je cours toujours.

Soudain, l'horizon se dégage. Plus rien pour me retenir !

Je bascule vers l'avant. La sensation en est presque agréable.

Et je me retrouve dans l'eau.

Le liquide me rentre dans le nez, les yeux, la bouche. Impossible de m'en sortir car j'ignore où sont le haut et le bas. Mes genoux heurtent des rochers.

Je ne vais quand même pas me noyer dans trente centimètres de flotte !

Heureusement, le froid me remet les idées en place. Je finis par récupérer mon équilibre et ma tête émerge enfin du flux.

Je suis tombée dans la rivière. Elle effectue sans doute un coude après le camp et longe le côté ouest pour descendre vers le sud.

Des bribes de conversation me reviennent en désordre.

– *Au fait, ce ne serait pas plus pratique de les planquer dans la grotte ?*

– *Il y a bien la grotte des Brigands...*

– *Ah oui, ils ont parlé d'une grotte où serait mon reup.*

– *Il suffit de descendre la rivière...*

Si mon daron est quelque part, c'est là-bas.

J'observe le sens du courant. Il me faut suivre le flot. En plus, s'ils ont des chiens, je brouillerai ma piste. D'accord, il n'y a aucun chien dans le camp mais on ne sait jamais. J'imagine déjà des gueules bavantes et remplies de crocs à mes trousses.

Trempée, je comprends rapidement que je n'arriverai pas à courir dans l'eau. C'est épuisant. En plus, je produis un bruit infernal susceptible d'attirer mes poursuivants.

Je rejoins donc le bord malgré mes angoisses canines.

La rive est accidentée. Des bancs de sable alternent avec des touffes d'herbes et des rochers émoussés.

Avancer sans se casser un membre demande une attention de chaque instant. En plus, à la limite de mon champ de vision, je vois la rivière se transformer en un gigantesque reptile aux écailles scintillantes et multicolores.

Je l'ignore sciemment.

Si je commence à divaguer sur les serpents après les loups, mes nuits ne risquent pas de s'améliorer ! Si jamais je réussis à redormir un jour !

Soudain, le paysage disparaît une fois de plus. J'entends un grand bruit. Encore des hallucinations ? Je ralentis, troublée. Je ne sais plus si je peux toujours me fier à mes sens.

Pourtant, à dix mètres devant moi, il n'y a plus rien : ni rivière, ni arbres, ni rochers. Seulement le vide.

Et ce grondement sourd. Cela pourrait bien être les pulsations de mon cœur qui battent à mes tempes.

J'avance avec prudence. En même temps, pas question de traîner : Tête-d'Or et ses adeptes sont sûrement sur ma piste à l'heure qu'il est.

Puis, brusquement, je comprends ce qui se passe.

Je suis au sommet d'une chute d'eau ! Voilà pourquoi tout s'évanouit dans l'espace. Je me penche pour apercevoir une cascade qui s'écrase en contrebas, dans un bouillonnement blanchâtre. Et un grondement sourd.

Bon, je ne suis pas encore complètement tarée.

J'ai juste à descendre et à chercher des grottes. Cela me paraît être un endroit idéal pour des galeries souterraines.

Pas question de dévaler le ravin à pic : il y a bien dix mètres de dénivelé. Je peux me tromper dans mon évaluation : je ne suis pas au top de mes capacités actuellement.

Par contre, je repère un petit sentier très escarpé sur le côté.

Il est temps de convoquer mes souvenirs du cycle escalade avec M. Lyhus. En cet instant, j'aurais presque la nostalgie du lycée, des cours et de toutes ces choses qui habituellement m'ennuient à mourir.

Je note quelques prises faciles et j'amorce la descente. Mes doigts ripent sur la roche humide. Mes pieds glissent sur la mousse. Je tiens bon.

Grâce à la drogue, la peur est très loin dans mon esprit. Je la réduis à une simple information. C'est pratique, même si je sais bien que je me comporte comme une casse-cou.

Après un gros quart d'heure, j'atteins sans dommage le pied de la cascade.

Je souffle parce que la fatigue me taraude. Mes mains et mes cuisses tremblent de l'effort qu'elles viennent de fournir. Pas le temps d'admirer le panorama sur la vallée.

Il s'agit maintenant de trouver des cavités. Je repère une ombre sous la cascade. Je me penche. Cela ressemble à une grotte avec de gros blocs géométriques de basalte au plafond.

Je m'y dirige à pas lents. Tout est extrêmement glissant ici. Une fois dans l'obscurité, je ressens le froid sur ma peau trempée.

J'avance dans un boyau qui s'ouvre dans le fond. Mon cœur bat plus fort. Est-ce que je vais bientôt retrouver mon reup ? Et dans quel état ?

– Tu es là ?

Pas de réponse. Ma poitrine se serre à m'étouffer. Pourvu qu'il ne lui soit rien arrivé ! J'espère et je crains de le voir tout à la fois.

Je progresse encore dans les ténèbres de plus en plus épaisses quand mon regard est attiré par un objet brillant au sol.

Ce sont ses lunettes de soleil.

Et elles sont brisées.

22

Je ramasse la monture fracassée. Les verres teintés se détachent et tombent en morceaux sur le sol.

– Il y a quelqu'un ?

Le bruit de la chute d'eau est assourdissant, d'autant qu'il se répercute sur les parois du souterrain. L'endroit semble beaucoup plus spacieux qu'au premier abord. J'avance dans l'obscurité. Il fait soudain bien plus frais. Ce serait agréable si je n'étais pas trempée.

Je frissonne.

Les ombres dansent autour de moi. J'en ai assez de ces hallucinations. Elles sont plus angoissantes que belles. J'aimerais que tout s'arrête, pouvoir de nouveau compter sur mon cerveau.

Peu à peu, mes yeux distinguent un gros bloc parallélépipédique d'un mètre de haut et de large dont la peinture bleu clair parvient à transpercer les ténèbres. Un vrombissement de lave-linge en plein essorage s'en échappe.

Je pose ma main sur la machine qui vibre. À quoi peut-elle servir ? Je renifle une odeur de gasoil. Sur le flanc, j'aperçois des fiches de prises ainsi que des rallonges électriques.

Peut-être un groupe électrogène ?

En tout cas, le bruit du moteur est complètement masqué par celui de la cascade. C'est plutôt malin de le placer là. Cela doit faire partie du plan de Tête-d'Or. Je me représente déjà une sorte de laboratoire de Frankenstein avec un cadavre réanimé. Pourvu que mon dabe n'ait pas servi de cobaye !

Un câble dans la main, je suis la route sous les orgues basaltiques.

Les parois se resserrent.

Je commence à comprendre pourquoi Armand transporte des jerricans dans sa camionnette. Si le groupe fonctionne en permanence, comme je le soupçonne, il doit revenir régulièrement pour remettre du carburant dans le réservoir.

Encore un pas sur le sol glissant. J'ai l'impression d'arriver au bout de la caverne. Sans ces fils d'alimentation, j'aurais déjà tourné les talons depuis un moment.

Soudain, je perçois une lueur rougeâtre et un voile de chaleur me passe sur le visage.

Une salle plus spacieuse s'ouvre devant moi.

Elle baigne dans une atmosphère sanglante à cause de tubes infrarouges disposés un peu partout. De part et d'autre se dressent des étagères métalliques chargées de gros aquariums.

Je m'approche.

Ces réservoirs ne comportent pas d'eau, à part un halo de buée sur la surface du verre. À l'intérieur, je distingue de gros pâtés de sable blanchâtres, comme recouverts de moisi. Chaque tas, disposé à distance des autres (j'en compte trois au maximum par réservoir), est hérissé de dizaines de champignons.

Je reconnais la variété dont Tête-d'Or se gavait cette nuit : le pied très long, effilé, recourbé, avec un chapeau brun tombant. Tous ne sont pas au même stade de maturation. J'imagine qu'il existe un roulement pour avoir toujours de quoi consommer. Et le groupe électrogène doit s'assurer que l'éclairage, la température et l'hygrométrie demeurent constants.

Voilà sans doute les champignons magiques qu'on nous a servis en brochette et peut-être dans le café. L'odeur de pourriture ne trompe pas.

Il n'y a plus de doute : si les jeunes du camp sont dociles, c'est aussi parce qu'ils sont shootés jusqu'à la moelle. Moi-même, je ne sais pas ce que j'aurais donné si j'avais ingurgité cette drogue tous les jours à hautes doses jusqu'à la fin du séjour.

Il y en a des quantités. De quoi gaver un régiment entier pendant un moment. Tête-d'Or a de la suite dans les idées.

Un peu plus loin, des champignons ont été mis à sécher dans de larges bacs.

– Lana ?

Je sursaute violemment. Une silhouette que je n'avais pas encore aperçue se dresse entre deux étagères. Brusquement, je reconnais mon daron sans y croire.

– C'est toi ?

Je ne veux pas me faire avoir par une illusion.

– Tu m'as retrouvé ? Comment as-tu fait ?

C'est sa voix ! Et, dans la clarté rouge, ses traits m'apparaissent lentement, à la manière d'une photo dans un bain révélateur. Je me jette dans ses bras.

Son odeur d'après-rasage bon marché.

Son menton râpeux.

C'est bien lui. Les larmes me montent aux yeux. En un instant, je suis redevenue une gamine effrayée qui pleure après ses parents.

– Papa, j'ai vraiment eu la trouille !

Et puis, je me rends compte qu'il ne me serre pas contre lui. Je m'écarte.

– Je te rendrais bien la pareille mais je suis attaché.

Il se tourne à demi, me montre le collier de serrage qui lui entrave les poignets et l'attache à un anneau fixé dans la pierre. Je tire dessus en vain, le plastique s'avère très résistant. À voir la peau gonflée de ses avant-bras, mon reup a dû s'y essayer plus d'une fois. Je m'éloigne à la recherche d'un outil.

Il n'y a rien de coupant dans cette grotte qui puisse me servir pour trancher les menottes. Je soupire.

– Comment tu as atterri là ?

– Victor m'a demandé de partir en même temps que les parents d'Ophélie. J'ai refusé.

– Ils m'ont écrit un mot pour me faire croire que tu m'avais abandonnée.

– Je n'allais pas te laisser ! On devait passer des vacances ensemble !

Je lui lance un regard appuyé. Il baisse les yeux.

– Je sais que je vous ai abandonnées, ta mère et toi, il y a deux ans. Je n'ai aucune envie de recommencer, crois-moi. Mais j'étais dans un état pitoyable. C'est comme ça que je me suis retrouvé chez Firmitas.

– Donc tu travailles pour MNV Networks ?

– C'est un problème ?

– Cette entreprise est une filiale de McNess & Visanto. Ce sont les méchants de l'histoire !

Je ne trouve pas d'autre mot pour les décrire.

– Tu sais, on ne fait pas ce qu'on veut. J'ai pris du boulot là où il y en avait. Il fallait bien rembourser les traites de l'appartement !

– Et t'acheter ta moto de sport !

– On ne va pas en reparler. Je la revendrai si elle t'embête à ce point-là.

Finalement, j'ai une illumination. Il me suffit de briser l'un des aquariums et d'utiliser un tesson.

J'avance et, d'un coup de coude, je frappe la paroi de verre. Plus facile à dire qu'à faire. Elle résiste. Mon père, qui a suivi ma tentative, m'encourage.

– Tu y es presque !

– Tourne-toi.

Je ramasse une pierre et la lance de toutes mes forces. Le réservoir vole en éclats. Des bouts de champignons se répandent sur le sol de la grotte. Je reviens chercher un débris exploitable.

– Et toi, qu'est-ce qui t'est arrivé ?

Je lui raconte mes soupçons croissants, mon expédition nocturne, la communication avec Jérémie, la morsure d'Ophélie et mon évasion. Il secoue la tête tristement.

– Ces gens-là sont des criminels. Je me demande comment je ne l'ai pas compris plus tôt.

– Les champignons magiques, peut-être ?

– Pas seulement. Victor dit toujours ce qu'on veut entendre. Il m'a retourné la tête.

Je mets enfin la main sur un tesson tranchant. De ma poche, je tire le mouchoir d'Ophélie et je l'enroule à une extrémité afin de ne pas me couper. Mon vieux fronce le sourcil :

– Il y a du sang là-dessus !

– Je t'expliquerai plus tard. Pour l'instant, je te détache et on fonce à la gendarmerie la plus proche.

– Ça ne sera pas facile. Je sais juste que nous sommes à l'ouest de l'A75. La sortie était de ce côté et nous n'avons pas repassé l'autoroute avec la camionnette.

– Au moins, on sait quelle direction prendre pour retrouver la civilisation…

Je m'escrime un moment sur le plastique mais le verre n'est pas aussi coupant que je l'espérais. Il me faut insister longtemps pour entamer le matériau. Mon reup s'impatiente.

– Alors ?

– Ça marche ! Encore un effort et tu seras tiré d'affaire !

À cet instant, la voix de Tête-d'Or résonne sous la voûte.

– À ta place, je ne serais pas trop confiante, Lana…

23

La phrase me glace.

Le gourou et Armand pénètrent dans la grotte. Mon premier réflexe est de vérifier s'ils portent des armes. Je n'en aperçois aucune. C'est déjà ça.

Je serre mon couteau de verre et le planque dans mon dos.

De toute façon, nos adversaires n'ont pas besoin de s'équiper. Ils sont deux hommes grands et forts, face à un adulte attaché et une ado déchirée.

D'ailleurs, Tête-d'Or ne se sent plus. On dirait qu'il est à la fois très en colère de s'être fait avoir et très content d'avoir rattrapé le coup.

– Tu pensais vraiment m'échapper, Lana ?

Il joue à faire rebondir sa voix sur les parois de la grotte. Son âme damnée se place en silence derrière lui, afin de nous couper toute issue.

– Je t'avoue que je me suis trompé sur ton compte. Quand ton père nous a parlé de toi, l'été dernier, je doutais encore de ta nature d'enfant-horizon.

Ensuite il y a eu l'affaire Cérès, puis le scandale du soufre. J'ai tout suivi. Cette fois, le doute n'était plus possible : tu étais des nôtres.

Il sourit doucement.

— Tu croyais sans doute que ton père était revenu te voir de lui-même ? Non, quand il a appris que tu étais retenue en otage, c'est moi qu'il a joint. C'est à moi qu'il a demandé conseil.

Je me tourne vers mon daron qui baisse les yeux, honteux. C'est donc vrai. Même son retour, il ne l'a pas décidé tout seul !

— J'espérais que nous pourrions t'apporter la paix. D'autant plus qu'il nous avait décrit ton état après ta détention. Tu ne parlais à personne. Tes résultats dégringolaient. Bref, tu étais mûre pour nous rejoindre.

Tête-d'Or secoue ses mèches, mécontent.

— Et voilà qu'il nous ramène une fille qui se méfie de tout le monde et fourre son nez partout. On a doublé les doses de psilocybine pour toi. Rien n'y a fait.

Je l'interromps :

— Quand vous dites « psilocychose », vous voulez parler des champignons ?

Il soupire, indulgent.

— Toujours aussi curieuse à ce que je vois. Mais je vais répondre à ta question.

Il montre les réservoirs de verre d'une main auguste :

— Tu vois ces terrariums ? Ils contiennent des spécimens de psilocybes cubensis, le champignon hallucinogène le plus consommé au monde. Comme tu peux le constater, il n'est pas difficile à produire. Je l'ai rapporté des États-Unis où il est utilisé dans certaines universités pour traiter la dépression et l'anxiété. En outre, il n'entraîne pas de dépendance connue.

– Et vous en mettez dans le café, n'est-ce pas ?

– Le café, les brochettes, la soupe… Il y en a partout !

– Ainsi, les adeptes se sentent tout de suite mieux en arrivant au camp. Et ils dépriment dès qu'ils partent.

– Non !

Le visage du gourou se tord sous l'effet de la contrariété.

– Cette drogue sert à ouvrir l'esprit étriqué de ceux qui vivent parmi les loups. Tu aurais dû le comprendre.

La logique de sa doctrine m'échappe totalement. D'un côté, il veut retrouver la nature, de l'autre il ne cesse de traiter ses adversaires de bêtes sauvages. Tête-d'Or ajoute :

– Au lieu de cela, tu m'as déçu, Lana. Tu as cherché à entraîner avec toi cette pauvre Ophélie.

À ces mots, je vois rouge.

– Ce qu'il faut à Ophélie, c'est un soutien psy, pas des champignons et des délires de malade !

– Toi aussi, tu aurais eu besoin d'une aide. Pourtant, tu n'es jamais allée consulter…

Cette fois, c'est mon vieux qui me lance des regards courroucés :

– Tu avais une séance par semaine avec madame Rivière !

– J'ai zappé…

– Comment se fait-il qu'on n'ait pas été prévenus ?

– Avec maman toujours en l'air ? Et toi, elle n'avait même pas ton numéro. Ne fais pas comme si tu avais suivi l'affaire.

Le gourou nous observe, près de se lécher les babines devant notre dispute.

– Les parents ne nous apportent que du mal. J'espère que tu l'as saisi maintenant. Tout comme les médecins ! Et les psychiatres ! Ils ont tenté de me culpabiliser, de me détruire, alors que je leur étais infiniment supérieur. C'est depuis ce temps-là que j'ai compris que je devrais m'élever par moi-même.

– Ayatiel ne vous aide pas un peu ?

J'ai glissé ma remarque pour voir s'il se souvient de son cauchemar de cette nuit. Mais il ne frémit pas. Au contraire, il exulte.

– L'ange El apportera un nouveau paradis sur Terre. Le loup et l'agneau paîtront de nouveau ensemble. Car El conclura avec nous une nouvelle alliance de paix et fera disparaître du pays les bêtes féroces. Et nous habiterons en sécurité dans le désert. Et nous dormirons dans les forêts !

Il doit citer un texte, je le devine à son ton. En tout cas, il semble complètement exalté. Je suis de plus en plus certaine qu'il a sombré dans la folie, entre ses champignons et son discours mystique.

– Mais El ne nous abandonnera pas comme un mauvais berger qui laisse son troupeau aux griffes des loups méchants ! Nous aurons des chevaux plus légers que les léopards, plus ardents que les loups du soir. Nos cavaliers s'élanceront, venus de loin, volant comme l'aigle pressé de dévorer.

Je ne pige plus rien à ses divagations. Tout cela finira mal. Je m'efforce de gagner du temps.
— Comment m'avez-vous retrouvée aussi vite ?
À regret, le gourou s'arrache à son mirage.
— Tes coups de téléphone, Lana. La technologie nous trahit. Nous avions gardé le portable de ton père. Nous avons vu à quelle heure tu l'as appelé. J'en ai déduit que tu avais eu accès aux batteries en brisant la vitre. Et puis Jason m'a dit que tu l'avais interrogé sur la grotte. Ce n'était pas difficile de deviner où tu allais te rendre...

Une nouvelle question me vient :
— Et la vipère dans le Tupperware, c'était un piège ?
— Bien sûr ! Nous n'allions pas laisser passer cet affront. Mais cette imbécile d'Ophélie a été mordue à ta place.

J'ai du mal à prononcer la phrase suivante :
— Et mon reup, vous allez en faire quoi ?
— Oh, les parents sont comme des loups qui déchirent leur proie et perdent les âmes pour obtenir un gain. S'ils nous dévorent alors que nous sommes nombreux, alors nous serons les perdants...
— Et en français, ça signifie quoi ?

Le rictus de Tête-d'Or s'élargit :
— Que fait-on avec les bêtes sauvages ? On les chasse. Ton père n'a pas voulu partir de son plein gré. Dommage pour lui. Nous le traquerons. Et s'il tombe dans un ravin et se fend le crâne, ce ne sera pas une grande perte.

Je proteste, révoltée :
— Les autres ne vous suivront pas !

– Certains sont prêts. Et une fois qu'ils auront participé à cette mise à mort, nous serons liés à jamais. À jamais !

Il terminerait sa phrase par un rire dément que je ne serais pas surprise. Je ne vois vraiment pas comment nous sortir de cette situation.

– Allez ! Assez bavardé ! Retournons à la camionnette.

Armand attrape mon dabe à l'épaule et l'entraîne à sa suite. Je suis tétanisée. Je serre toujours le couteau improvisé dans ma main. Si je les menace maintenant, cela ne donnera rien. Ils risqueraient de le blesser.

Je suis perdue.

Soudain, alors qu'ils vont pénétrer dans le boyau, mon daron a un sursaut. Il vient de briser ses menottes de plastique que j'avais assez entamées !

Profitant de l'effet de surprise, il repousse violemment l'homme des bois qui se vautre en hurlant dans les débris d'aquarium. Puis, plus rapide que je ne l'aurais imaginé, il tend la main vers moi.

– Lana, ton couteau !

Prise de court, je le lui donne. De son bras gauche, il m'attire derrière lui. Ainsi, je suis à l'abri et il bloque entièrement le passage. Menaçant Tête-d'Or de son arme, il me jette :

– Va-t'en, je vais me débrouiller !
– Je ne te laisse pas !
– Dégage !

D'un coup d'épaule, il me propulse dans le boyau.

24

Je titube et glisse à moitié sur la pierre humide. Je n'ai pas envie de partir. Il hurle encore :
– C'est notre seule chance !
Puis, il se détourne pour menacer le gourou et son sbire.
– Et vous deux, reculez !
– Tu ne tiendras pas longtemps face à nous, persifle Tête-d'Or. Tu finiras par baisser ta garde…
En entendant cela, je comprends que mon vieux a raison. La mort dans l'âme, je remonte le boyau jusqu'à la cascade. Mes doigts se blessent aux arêtes du basalte. Les câbles électriques roulent sous mes semelles.
Je manque me cogner violemment la tête à une pierre qui affleure du plafond. Je dois me reprendre. Ce n'est pas le moment de flancher !
Je m'appuie aux parois pour ne pas tomber. Ma peau est en feu et le boyau semble sans fin. Mon cœur s'emballe. Mes poumons brûlent.

Enfin, un peu de lumière au bout de mon tunnel. Le vacarme de la chute d'eau me revient en pleine poitrine.

Une pluie m'accueille à la sortie : les embruns de la cascade. Je ne perçois plus rien de ce qui se passe dans la caverne. Est-ce que mon dabe continue toujours de retenir les deux illuminés ?

Je rejette ces pensées. Il ne faut plus regarder en arrière.

Je mets toute mon énergie et toute ma concentration à m'extraire des rochers humides, tandis que l'eau me frappe aux épaules.

Encore quelques pas et je suis à l'air libre.

Où aller ?

Je me rappelle ce que mon daron a dit. L'A75 est à l'est. Pas de boussole. On est encore au matin : je n'ai qu'à suivre le soleil. Où est-il ? Je lève mes yeux éblouis.

Le ciel ressemble à un aquarium dans lequel on aurait mélangé des encres de toutes les couleurs. La main en visière sur mon front, je cherche l'astre. Il est là, bizarrement irisé de violet.

J'oblique sur la gauche.

Et je cours. Je cours sans plus penser à rien. Mon corps entre en action. Le sang bat dans mes tempes. Mon souffle assèche mes lèvres.

Devant moi s'étale la lande et son herbe brûlée, ses touffes de bruyère, ses rochers de granite affleurant. Et puis, ici et là, des hêtres rabougris.

J'ignore la distance que je dois parcourir avant d'atteindre l'autoroute, mais cela ne risque pas d'être une partie de plaisir. L'effort doit faire circuler la drogue dans mes artères. J'ai l'impression que les hallucinations redoublent.

Les ennemis sont partout. Je ne cesse de jeter des regards sur les côtés car je suis persuadée d'entendre des voix qui m'interpellent.

Chaque ombre devient menaçante. Il y a des fantômes sur ma route. En plein midi.

– Elle est là-bas !

Cette fois, je ne délire pas. La voix est celle de Jason.

Ils arrivent du nord. D'après mes estimations, j'étais en train de contourner le camp à distance mais ils m'ont repérée. Je reconnais quelques visages : Dorian, Eunice, Thomas. Ils sont à mes trousses !

– Attends ! On veut t'aider !

Est-ce que j'ai bien compris ? Ils me baratinent encore. Ou ils se mentent à eux-mêmes. Ce qui revient à peu près au même.

En tout cas, il est hors de question que je stoppe. Je ne change pas de direction et je redouble d'efforts. Au loin, j'aperçois un bois de hêtres au milieu de la lande.

C'est peut-être ma chance.

Je fonce. Les forces commencent déjà à me manquer. Mes amis de la secte sont heureusement trop éloignés pour me couper la route.

Bientôt, je suis à couvert des arbres. La zone boisée n'est pas immense. Je peux tenter de la traverser sans m'arrêter mais mes mollets crient grâce. Je dois faire une pause.

Alors, j'avise un fût plus grand que les autres, avec des branches gigantesques et beaucoup de feuilles. Je grimpe en prenant appui sur les rameaux les plus bas et m'élève lentement. Je suis proche de la lisière : si on me trouve j'aurai encore une chance de m'enfuir à travers la rase campagne.

L'écorce me blesse les paumes. J'arrive rapidement à plusieurs mètres du sol. Katniss serait fière de moi ! Sauf que je n'ai pas d'arc pour abattre mes poursuivants.

Une fois à bonne hauteur, je m'arrête pour souffler. Il faut que ma respiration se calme si je ne veux pas me trahir. Je me force à expirer lentement, par petits coups. Cela fonctionne.

La tête me tourne. Soit je suis en hyperoxygénation, soit en extrême fatigue. Je m'adosse au tronc pour ne pas perdre l'équilibre.

Pendant un moment, je ne capte plus un bruit. Est-ce que je me serais trompée ? Est-ce que j'ai rêvé la poursuite de Jason et consorts ? Je commence à douter de tout.

Ce n'est pas pour me rassurer complètement mais des voix s'élèvent bientôt.

– Je te dis qu'elle est là !

C'est Jason qui mène les troupes.

– Mais non, elle nous a niqués. Elle a continué direct vers l'autre bois. On ne l'a juste pas vue.

Cette fois, je reconnais Eunice. Je me demande s'ils seraient prêts à traquer mon reup comme Tête-d'Or l'expliquait tout à l'heure.

Le gourou est manipulateur. Il doit les préparer depuis longtemps à détester les gens qui ne pensent pas comme lui et qu'il appelle les loups. À chaque séjour, il a dû les conditionner un peu plus, les amener là où il le souhaitait.

Si ça se trouve, c'est l'un de mes camarades qui a placé la vipère dans la boîte !

Manifestement, ils n'ont pas eu le temps de lire ou voir *Hunger Games* parce qu'il ne leur vient pas à l'idée de lever les yeux. J'en profiterais bien pour leur balancer des pierres, histoire de leur remettre les idées en place.

Eunice finit par convaincre Jason que je suis déjà loin.

Je tente de repérer la direction qu'ils prennent. D'après moi, ils se dirigent vers le sud. Tant mieux. Je vais pouvoir poursuivre ma route.

Je patiente un moment. Pas trop longtemps afin qu'ils n'aient pas l'occasion de revenir en arrière.

Je redescends de mon perchoir. Une branche craque sous mon pied.

Je m'immobilise.

Rien ne se passe.

Il faut repartir.

Mes cuisses tremblent quand je quitte le sous-bois. Il n'y a nulle trace de Jason et les autres.

Je m'élance.

Le trajet est interminable.

Je me retrouve incapable d'évaluer les distances et les durées. Depuis combien de temps est-ce que je suis partie ?

Aucune idée.

Je ne cours plus. Je marche vite. Après avoir failli plusieurs fois me tordre la cheville sur des rochers cachés sous une mousse sèche, j'ai ralenti. De toute façon, je suis épuisée.

Des visages défilent dans mon champ de vision. Jérémie, ma mère, Ophélie, mon reup... Tiens, je l'ai appelé « papa » tout à l'heure. Je ne m'en rends compte que maintenant.

Tous ces mois passés à refuser de prononcer son nom, celui dont je ne le croyais plus digne.

Il aura fallu une seconde pour que ça me revienne.

Où en est-il ? Il était seul contre deux. Armand s'est sans doute jeté sur lui pour le désarmer. Ils l'ont de nouveau attaché. Peut-être l'ont-ils frappé. J'espère que non.

Et Ophélie. Comment se sent-elle ? Le poison se répand toujours dans son organisme. Pourvu qu'elle ne fasse pas un choc anaphylactique.

J'ai déjà vu ça sur un camarade de classe. C'est très impressionnant : son visage était tellement enflé qu'on ne le reconnaissait plus. On peut mourir d'étouffement si on n'est pas conduit immédiatement à l'hôpital.

Ma mère n'est sans doute pas encore au courant de tout ce qui se passe. Elle plane à dix mille mètres.

Et puis je pense à Jérémie. J'espère qu'il a réussi à transmettre l'information à la police. Que les flics sont déjà en route pour le campement. Que ce cauchemar éveillé va enfin se terminer.

Soudain, le relief descend. Je suis précipitée vers une rivière.

L'eau me réveille un peu mais le froid me paralyse les jambes. Je tente de sortir du lit le plus rapidement possible. Sauf que la terre est mouillée sous mes pas.

Je glisse sans pouvoir me rattraper...

Une pierre arrive à grande vitesse dans ma direction et me heurte violemment. Ma vue se brouille.

Fondu au noir.

25

Le loup blanc trotte tranquillement dans le couloir. Il remue la queue comme un chien.

Moi, je le suis toujours.

On passe maintenant dans une partie du lycée que je ne reconnais pas. Mais cela n'a guère d'importance.

J'observe les murs étranges, comme taillés dans de l'os. On y a gravé des dessins complexes qui représentent des circonvolutions à l'infini. Quant au sol, il ne s'agit plus du bon vieux parquet de Gustave-Caillebotte. C'est l'herbe jaune et sèche de l'Aubrac.

On oblique à gauche dans une intersection.

Je me colle à la paroi pour éviter un champignon géant qui se dresse sur la route. Le pied mesure bien deux mètres de haut. Je n'ose pas le toucher mais j'ai la certitude qu'il est sculpté dans du bois.

Comment a-t-il pu pousser là ?

En fait, la question ne m'intéresse pas beaucoup. Je presse le pas pour rattraper le loup qui me distance.

Encore un tournant sur la gauche. On va finir par revenir au point de départ.

Non, quand j'atteins le corridor perpendiculaire, mon guide s'est arrêté. Je regarde sur les côtés pour repérer ce qui a pu l'effaroucher.

Les vitres donnant sur les classes ont été remplacées par des aquariums remplis d'eau.

Dans l'un d'eux, j'aperçois des algues vertes. Quant au fond, les cailloux multicolores ont été échangés avec des sortes de graines aplaties d'un brun-jaune.

Un peu plus loin, au lieu de l'éternel scaphandrier, il y a une figurine de Rambo. Il ne garde pas un trésor mais un conteneur en cuivre sur lequel il est écrit « H_2S ».

Tout cela me semble étrangement familier.

Soudain, les vitres se fissurent. L'eau exerce une pression telle que le verre n'y résiste pas. Je recule précipitamment.

Des jets puissants se déversent dans le couloir. Le débit est si important que les différents jaillissements deviennent un torrent qui me bloque la route. Impossible d'avancer.

Je regarde le loup pour savoir ce que je dois faire.

Il pose sur moi ses yeux jaunes. Sans parler, il m'explique que je suis arrivée à bon port. Il ne me reste plus qu'à traverser la rivière qui gagne en vigueur à chaque seconde.

Je décide de lui faire confiance. J'avance d'un pas et mon pied s'enfonce dans le liquide.

J'ouvre les yeux.

C'était un sacré rêve, cette fois !

Le cours d'eau murmure derrière moi. C'est sans doute ce qui a influencé mon cerveau pour construire cette histoire abracadabrantesque. Je me rends compte que mon pied droit est resté immergé.

Je dégage mes orteils frigorifiés.

Promenant un doigt sur ma tempe, j'en ramène un peu de sang. Cependant, rien ne semble cassé. J'ai juste un mal de crâne épouvantable.

J'ignore combien de temps je suis restée dans les vapes, mais je dois me bouger.

Je me redresse et le décor vacille. Heureusement, le rocher sur lequel je me suis cognée me permet de retrouver un vague équilibre.

Quelle direction suivre maintenant ?

Midi a dû passer. Le soleil redescend dans mon dos. Il est même assez bas. Je vais continuer vers l'est.

Je me remets à courir mais la fatigue me retombe immédiatement sur les épaules. Il faudra se contenter de marcher.

Je m'en veux d'avoir chuté comme une imbécile. J'ai perdu un temps précieux. Normalement, avec le judo, j'avais appris à tomber. Il faut croire que les cours séchés m'ont fait perdre le peu de technique que je possédais.

Bizarrement, je ne croise aucune route. Tête-d'Or a bien choisi son emplacement dans l'une des zones les moins peuplées de France. Son camp est perdu comme une île dans l'océan.

J'avance dans la lande qui n'en finit pas.

Les effets de la drogue n'ont pas l'air de se dissiper. J'en suis toujours à voir des hallucinations colorées partout autour de moi. Toute ma concentration est nécessaire pour ne pas dévier de ma route.

Je marche encore une ou deux heures.

Impossible de savoir.

Il n'y a rien autour de moi, à part quelques sentiers de randonnée que je me refuse de suivre car ils ne vont pas du bon côté.

Enfin, je perçois une rumeur.

Non, ce n'était rien.

Je reprends ma progression. Mes jambes commencent à flageoler.

De nouveau, ce son. Une sorte de vrombissement sourd et lointain. Sûrement ces maudits champignons qui me jouent des tours !

Sans vraiment m'en rendre compte, j'escalade une colline. C'est l'effort qui me fait réagir.

À gauche et à droite s'étirent des palissades de bois incurvées. Une série de gros rochers a été déposée à intervalles irréguliers en travers de la route, sans doute pour empêcher que des voitures l'empruntent.

Le bruit revient !

Je monte sur l'espèce de pont, me hisse péniblement sur l'enceinte et découvre, dans le soleil couchant, les deux fois trois voies de l'A75 !

Je suis sauvée !

Je me trouve sans doute sur l'un de ces passages prévus pour la faune sauvage.

Il ne me reste qu'à descendre sur la chaussée (enfin au bord) et à arrêter une voiture. Ou bien d'appeler depuis l'une des bornes d'urgence disposées tous les deux kilomètres.

Je franchis la passerelle pour m'éloigner le plus possible de la secte et je dégringole la pente jusqu'aux barrières de sécurité.

Il y a des grillages assez semblables à ceux qui entouraient le camp.

Je m'approche de la clôture qui doit bien mesurer deux mètres. Sa partie basse est renforcée par des mailles plus serrées. Quand j'essaie de tirer dessus, rien ne se passe. Le métal est profondément enterré.

Heureusement, il n'y a pas de barbelés au sommet.

Rassemblant mes dernières forces, j'escalade la grille. Je dois m'y reprendre à trois fois tellement mes pieds glissent. Je me fais mal aux phalanges.

Finalement, je parviens à basculer par-dessus l'obstacle et à m'effondrer de l'autre côté sans aucune dignité.

Je l'aurai mérité, cet appel de secours !

Je me relève et observe les environs. Il y a une borne d'appel orange à moins de cinquante mètres. Pour une fois, j'ai du bol.

Je me dirige vers ma dernière chance de survie, tout en constatant qu'il n'y a pas de circulation sur l'autoroute. Depuis plusieurs minutes que je suis là, je n'ai aperçu aucune bagnole.

Encore quelques pas. J'y suis !

Après un soupir, j'appuie sur le bouton vert. Le haut-parleur crachote. J'attends. Ça n'a pas l'air de super bien fonctionner.

– *Oui ?*

Mon cœur fait un bond dans ma poitrine.
– Je suis Lana Blum !
Comme si ça allait le renseigner !
– *Vous êtes victime, témoin, d'une panne ou d'un accident ?*
– Non, je me suis échappée d'une secte ! Elle s'appelle Firmitas. Ou Oïkoumène ! Ils me courent après ! Prévenez la police !

Même moi, je trouve mon histoire peu crédible. La réponse du gars arrive après une longue seconde de silence :
– *Ce service est relié à la gendarmerie. Vous ne devriez pas l'utiliser pour des plaisanteries, mademoiselle.*

Personne ne me croira donc jamais ?
– Je vous en prie ! Il y a une personne qui a été mordue par une vipère. Et mon daron est retenu prisonnier ! Prévenez le lieutenant Nogar de la police parisienne !

Je n'entends que des parasites sur la ligne.
– Vous me recevez ?

J'appuie frénétiquement sur le bouton lumineux avec un cri de rage.

Tout à coup, je perçois un bruit de moteur. Je me retourne, joyeusement.

Mais je déchante très vite.

Ce qui s'approche sur la chaussée opposée, c'est une camionnette blanche.

La camionnette blanche.

26

Je ne perds pas mon temps à vérifier la plaque d'immatriculation ou le modèle.

Volte-face et direct vers le grillage !

Derrière moi, ça crisse ! L'utilitaire pile à mon niveau. Malgré moi, je me retourne. Ils ont freiné si violemment que de la fumée blanche s'échappe des pneus et des traces noirâtres s'impriment sur le macadam.

C'est eux !

Sans paraître remarquer qu'ils sont sur la voie de gauche, arrêtés en plein milieu de l'autoroute, Armand et Tête-d'Or jaillissent du véhicule.

Leur allure est effrayante. Si les yeux de l'homme des bois disparaissent sous la visière de sa casquette, je distingue très bien les deux billes bleues du gourou qui me fixent.

Il hurle en pointant son index dans ma direction.

– Lana !

Un postillon s'échappe de sa bouche. Il écume. Je remarque alors qu'Armand s'est armé d'une masse.

Cette fois, ils veulent me faire la peau ! Je devrais partir mais je n'arrive pas à détacher mon regard de ces deux silhouettes sorties tout droit d'un film d'horreur.

Ils commencent à enjamber la double glissière centrale de sécurité qui sépare les deux chaussées. C'est un électrochoc !

Je retrouve le contrôle de mes membres et tente d'escalader de nouveau la barrière. Mes doigts glissent. Je me blesse encore. Je suis trop fatiguée ! Mes jambes n'en peuvent plus. Malgré la trouille.

Si ! Je parviens à me hisser un peu.

Un coup d'œil en arrière : mes ennemis prennent tout leur temps. Ils sont sûrs de me mettre la main dessus. C'est encore plus flippant. Je panique. Je me rue dans la clôture de métal.

Reprends-toi, Lana !

Je ne veux pas finir avec le crâne fracassé sur une voie de l'A75 ! Je me fais l'effet d'un animal paralysé devant son prédateur.

Pourtant, mes efforts donnent enfin des résultats. Mon pied s'enfonce dans une maille et m'apporte un appui inespéré !

Je me soulève avec l'énergie du désespoir. Je les sens qui s'approchent dans mon dos.

Ma main passe par-dessus l'enceinte. Il faut que je bascule de l'autre côté ! Allez !

Ça vient !

– Lana ! Arrête-toi, enfin ! Tu vas tout gâcher !

Sa voix éraillée me glace le sang. Une fois de plus, je ne peux rien faire d'autre que de regarder en arrière.

Il est là, en travers de la route, une horrible grimace d'effroi sur le visage. Il a peur de moi ?

Soudain, j'entends un nouveau bruit strident. Tête-d'Or se retourne.

Un énorme 4x4 noir arrive à toute allure. Il a allumé ses phares, mais il roule beaucoup trop vite. Dans l'obscurité, entre chien et loup, il n'a pas vu la camionnette arrêtée. Ou trop tard.

Il tente de l'éviter. Appuie sur les freins. Avec les vitres teintées, je ne distingue ni les passagers ni le conducteur.

Ça ne suffira pas. Emporté par sa masse, le 4x4 ralentit à peine. Il vient percuter l'arrière de l'utilitaire.

Aussitôt, des morceaux de verre, de métal et de plastique volent dans toutes les directions. Le bruit est effroyable. Le fourgon est presque coupé en deux dans le sens de la largeur.

Mais les roues avant du tout-terrain grimpent sur l'obstacle et continuent leur route. La voiture s'élève au-dessus du sol. Elle doit bien voler à deux mètres de haut ! Déséquilibrée, elle entame un mouvement de rotation, dévoilant son plancher.

Le moteur rugit dans le vide. Spirale.

Pendant une longue seconde, le véhicule reste suspendu en l'air, pivotant sur lui-même au ralenti.

Et il s'écrase un peu plus loin, partant en tonneaux jusque sur la bande d'arrêt d'urgence où le rail de sécurité peine à l'immobiliser.

Grincements métalliques. Gerbes d'étincelles.

Dans quel état seront les passagers ?

Je n'ai pas le temps de m'en préoccuper. Tête-d'Or s'est déjà détourné de l'horrible accident. Il ne voit plus que moi. À cet instant, une flammèche brille dans la camionnette sinistrée. Le mot « jerrican » passe dans ma tête. Pas plus.

Car l'utilitaire prend feu et explose dans une gerbe de flammes.

Une langue de chaleur me caresse presque immédiatement le visage. Le souffle renverse le gourou et me pousse de l'autre côté de la barrière.

Je tombe dans l'herbe, sur le dos, la respiration coupée.

Il me faut un moment pour me redresser. J'ai mal partout.

Là-bas, l'incendie fait rage. Des fumerolles noires montent dans le ciel. Personne ne bouge dans le 4x4. Armand et Tête-d'Or sont toujours à terre, assommés.

Si avec ça, la sécurité des autoroutes n'intervient pas !

J'hésite à aller retirer les corps de la chaussée. Il pourrait y avoir d'autres accidents.

Tout à coup, je perçois un gémissement. Mes yeux balayent la scène pour repérer d'où vient le cri.

Alors, avec horreur, je vois le gourou qui se relève.

C'en est trop ! Je recule, effarée.

Il se remet debout, titubant à peine. Je l'entends qui murmure :

– Lana !

Impossible de rester. Il a l'air de s'être fait mal au genou en tombant car il boite. Mais pas assez à mon goût.

Je monte la butte vers la forêt sans comprendre où je puise les ressources pour courir encore. Mes poumons me brûlent.

Derrière moi les poteaux du grillage tremblent. Tête-d'Or va passer !

Je fuis sans but.

Droit devant moi.

En mode survie.

Des étoiles dansent devant mes yeux. En fait, c'est la voûte céleste qui s'allume. J'ai couru toute la journée. La nuit vient. Et la lune avec.

Cela devrait me rassurer mais la peur me tenaille un peu plus la poitrine. Je perds les derniers scintillements des flammes en arrivant au sommet du talus et en redescendant de l'autre côté.

Je dévale. Tombe. Grimace. Me relève.

De temps en temps, le cri de Tête-d'Or éclate à travers la lande :

– Lana ! Tu ne te rends pas compte de ce que tu fais !

Il est increvable, ce type !

Peu à peu, je constate que je fais du surplace. Ou presque. Je n'avance plus. Trop naze.

Et la voix se rapproche, presque suppliante :

– Lana !

Encore un coup de fouet. Je repars, les semelles glissant dans l'herbe. Le terrain monte encore.

Qu'est-ce c'est que ce truc ?

Dans l'ombre bleue, je distingue un treillis de métal... Ce n'est pas possible ! Qu'est-ce qu'ils ont à coller des grillages partout ?

J'entreprends d'en faire le tour mais l'enceinte se poursuit à l'infini. Il faut grimper.

Je n'en peux plus...

De nouveau la sensation de brûlure sur mes phalanges. Mes articulations sont à bout. Je tremble comme une feuille.

Toujours mes pieds qui glissent. Une douleur fulgurante dans mon mollet droit ! La crampe ! Je sautille.

Tête-d'Or est tout proche.

Il frappe du poing sur les mailles de fer. J'en ressens la vibration jusque dans mon ventre.

– Va te faire foutre !

Avec ce cri de rage, je lance mes dernières forces. Tout avec les bras puisque mes jambes me trahissent. Ce n'est pas si haut. Je me soulève. Jusqu'au bout. Allez ! Quelques centimètres encore !

Les doigts du gourou m'effleurent la cheville ! Je hurle.

Mon corps bascule !

De quel côté ? Je ne sais plus où j'en suis ! Je redresse la tête, prête à me protéger de mes bras levés.

Tête-d'Or est juste devant moi. Il a des yeux fous entre ses mèches blondes collées par la sueur.

Il brandit sa hache. L'abat.

La lame heurte le grillage !

Je suis du bon côté. Ouf ! Tête-d'Or s'énerve.

– Je peux te sauver, Lana ! Laisse-moi t'aider ! Je t'apporterai la paix ! Tu risques de détruire des années de travail !

Il secoue les mailles de toutes ses forces, frénétiquement.

Je recule.

Il me foudroie du regard mais il ne paraît pas disposé à essayer de sauter l'enceinte. Il semble soudain brisé, anéanti. J'aurais presque pitié de lui si je n'avais pas aussi peur.

Je n'attends pas de savoir ce qu'il va faire. Je m'enfonce dans l'obscurité. Il y a des arbres un peu plus loin. Je me réfugie sous leurs frondaisons.

Bizarrement, le gourou n'a pas essayé de me suivre. À cause de la nuit ? Pourtant, je l'imagine mal avoir peur du noir.

Malgré son genou blessé, il était tout à fait capable de franchir l'obstacle. Alors quoi ? Ce n'est pourtant pas la motivation de me fendre le crâne qui lui manquait.

Je suis à court d'idées. Je me traîne à couvert et roule sur le dos, hors d'haleine.

Les constellations scintillent dans le ciel. Je vais bientôt m'évanouir...

Je sens brusquement une présence autour de moi.

Je me redresse : Tête-d'Or a-t-il changé d'avis ? Mes yeux balayent le décor sauvage.

C'est étrange : il y a des étoiles aussi dans les fourrés qui m'entourent. Je plisse les paupières pour mieux distinguer à travers les ténèbres.

Mon sang se fige.

Ce sont des loups ! Leurs yeux brillent comme des astres tombés. Il y en a un blanc qui semble mener la troupe !

Ça devait arriver : je suis devenue folle. La drogue a achevé de me faire basculer dans mes cauchemars ! Cette fois, toute une horde m'observe en silence. Immobile.

Ou alors, c'est pour cette raison que Tête-d'Or a abandonné la poursuite ?

Mais d'où sortent ces animaux ?

À cet instant, le vent se lève.

Les canidés reculent. Ils refluent dans la forêt et disparaissent, comme s'ils n'avaient jamais existé.

Une lumière brutale m'entoure, en même temps qu'un vacarme infernal. Je me retourne, éblouie. On a braqué sur moi un projecteur ultrapuissant. Mes cheveux claquent dans la tempête qui vient de se déclencher.

À travers les bourrasques, les hurlements et les lueurs, je comprends peu à peu qu'un hélicoptère flotte non loin de moi. Et j'entends, dans un haut-parleur irréel, les plus beaux mots du monde :

– *Ici la gendarmerie, ne bougez pas. Nous venons vous chercher !*

27

Je reste là, debout, sous le vent qui me jette mes cheveux dans les yeux.

L'hélico a viré et j'ai aperçu son flanc bleu, la bande blanche où il est marqué « Gendarmerie », et puis la cocarde tricolore.

Je respire mieux.

Un gars descend en rappel, ganté, casqué, couleur camouflage. Une visière m'empêche de voir ses yeux. Il hurle pour couvrir le bruit des pales.

– Vous êtes blessée ?

Je secoue négativement la tête.

Il me passe un harnais à la taille. Je me laisse faire comme une poupée de tissu. Je n'ai plus aucune volonté.

Le gendarme effectue des gestes compliqués que je ne parviens pas à suivre. Il est très appliqué. Il fixe un crochet au harnais. Puis il effectue des gestes à destination de son pilote.

On nous tracte vers le haut tandis que l'appareil demeure stationnaire. Nous atteignons vite la cabine.

Je jette un coup d'œil en bas. On est bien à dix mètres du sol.

Plus trace des loups. J'ai dû halluciner. En cet instant même, je ne suis pas certaine que tout cela m'arrive. Mon crâne dodeline. J'ai envie d'ouvrir les bras et de m'envoler.

Le gendarme me place sur un siège. Une ceinture. La porte se referme mais le boucan reste à la limite du supportable.

J'aperçois l'éclair d'un sourire sur le côté. Je me tourne et tombe nez à nez avec des dreads blonds.

– Jérémie!

Incrédule, je voudrais me jeter dans ses bras. Pour m'assurer que c'est vraiment lui. Que je ne suis pas encore en train d'halluciner.

– *C'est moi, Lana.*

Sa voix résonne dans le casque qu'on m'a posé sur les oreilles. Je m'en suis à peine rendu compte.

Il est bien là, plié dans le petit habitacle, tout zen et coolitude. C'est à peine s'il a les traits tirés. Je me sens déjà mieux en sa présence.

– Comment…?

– *Dès que j'ai reçu ton coup de fil, je me suis précipité à l'aéroport de Budapest. J'ai trouvé un vol direct pour Lyon sur Gallic'Air. J'étais en Lozère vers midi.*

Je n'en reviens pas. Encore une fois, il n'a pas hésité à me rejoindre.

— *J'ai réussi à contacter Nogar. Du coup, à mon arrivée, les secours étaient déjà lancés. Il nous a fallu un certain temps pour dénicher le camp. Mais les informations que tu m'avais données ont été très utiles. La rivière à côté, c'était le Bès. Quant à la grotte, il s'agit de celle du Déroc. Par recoupement, on a fini par localiser l'emplacement.*

— Et mon daron ?

— *Rassure-toi. Il était dans la grotte. Il a pris quelques coups mais ça va.*

— Et Ophélie ?

— *Elle a été prise en charge par les médecins. Elle n'était pas loin de la détresse respiratoire. En fait, elle a été mordue par une sous-espèce de vipère aspic dont le venin est beaucoup plus toxique que d'ordinaire. Sans toi, Ophélie y serait restée. Elle avait été mise à l'écart dans la même grotte que ton père.*

Je souffle.

— Et Tête-d'Or ?

Jérémie a une courte seconde d'hésitation.

— *J'imagine que c'est comme cela que tu as rebaptisé Victor de Vrocourt. Il vient d'être arrêté. L'appel passé sur l'autoroute a permis de retrouver votre trace. On était déjà en hélicoptère pour les recherches. Un escadron a ramassé son complice sur l'A75.*

— Et les passagers du 4x4 ?

— *Ils ont eu de la chance. Ils sont simplement commotionnés. D'après les conversations que j'ai entendues, le chauffeur était en excès de vitesse. L'un des pompiers l'évaluait à près de cent kilomètres à l'heure au-dessus de la limite autorisée.*

Je soupire.

– Tout va rentrer dans l'ordre. J'espère que le camp va fermer.

– *Vu les charges qui pèsent sur de Vrocourt, ça ne fait pas de doute.*

J'hésite encore à avouer la suite à mon copain. Je tends la main vers lui et il la prend dans la sienne. Sa peau est fraîche contre ma paume. Je me lance :

– Tu sais, je fais des cauchemars depuis la dernière fois. Je vois des loups. Juste avant qu'on me sauve...

Jérémie éclate de rire.

– *Il y a une bonne raison à ça ! Tu as pénétré dans le parc des loups du Gévaudan ! D'après le gardien qui nous a prévenus, tu étais dans l'enclos des spécimens canadiens.*

J'ai dû pâlir parce qu'il s'empresse d'ajouter :

– *Ils ne t'auraient pas attaquée. Tu n'es pas une proie intéressante pour eux. Trop coriace. En plus, ils sont suffisamment nourris ici.*

N'empêche que je frissonne rétrospectivement. Cela explique aussi la raison pour laquelle Tête-d'Or a renoncé à me poursuivre : sa peur des loups. D'une certaine manière, ils m'ont sauvée...

Jérémie redevient sérieux.

– *Mais j'ai entendu ce que tu m'as dit. Peut-être que si tu as rêvé de cet animal en particulier, c'est parce qu'on lui donne parfois un rôle de psychopompe.*

– Ils guideraient mon âme ?

– *Ils étaient agressifs dans tes cauchemars ?*

Je me rends compte qu'il a raison. En songe, les loups m'ont plutôt servi de guides, surtout le blanc. Et quand je réfléchis, le dernier m'a menée droit à une rivière. Est-ce une manière de m'envoyer chez Mme Rivière ?

– Je crois que je vais retourner voir la psy du lycée, en fait...

– *Moi, le mien m'a bien aidé. Et il m'aide encore.*

J'ignorais qu'il avait consulté. Je suis stupéfaite. Pour moi, Jérémie est un roc. Pas le genre à flancher à la première difficulté. Je me penche sur son épaule et y appuie ma joue. C'est tout le contact que je peux me permettre en plus de nos mains jointes. Pour l'instant.

– On va où ?

– *À la gendarmerie de Mende. Et puis l'hélicoptère rentrera à la base de Montpellier.*

– Mon père sera là-bas ?

– *Oui, il est déjà à Mende.*

Il a un nouveau sourire.

– *C'est marrant, c'est la première fois depuis longtemps que je t'entends prononcer le mot « père ».*

Je hausse les épaules, ne sachant que répondre. C'est lui qui ajoute :

– *Au moins, tes vacances n'auront pas été inutiles...*

Je me tais toujours. Mes yeux se ferment.

Il est temps que je me repose.

28

La voiture me berce. J'ai posé ma tête sur l'épaule de Jérémie.

On est à l'arrière de la R19 pourrie de mon oncle. Cette fois, l'odeur de chien ne me gêne plus. On a eu le temps d'aérer les banquettes : il a bien fallu une semaine pour tout régler et pouvoir enfin rentrer à la maison. Ma mère nous attend à Villejuif. Elle a pris un avion dès qu'elle a su ce qui nous était arrivé.

On va peut-être passer la fin des vacances tous ensemble finalement.

Mon père est au volant. Il nous ramène en jetant parfois de petits coups d'œil dans le rétroviseur. Ce n'est pas vraiment pour me surveiller. On dirait qu'il me regarde autrement. On n'a pas encore parlé de cela, mais j'ai l'impression que cette aventure nous aura au moins permis de renouer.

Jérémie est occupé à pianoter sur son portable. Depuis cette affaire, il cherche tous les renseignements possibles sur Firmitas.

– J'ai du nouveau ! L'enquête montre qu'il existait un second camp dans la région du premier. Il y en aurait peut-être même un troisième ! Manifestement, le complice de ton gourou faisait la tournée.

J'acquiesce.

– Je me disais bien qu'il y avait beaucoup de champignons dans cette grotte. Comment ils l'ont trouvé ? Tête-d'Or a parlé ?

– Non, il serait dans un état de « prostration muette » d'après un article. Les gendarmes se sont fiés aux témoignages de personnes ayant aperçu la camionnette blanche sur les petites routes.

On se tait de nouveau. Depuis la fin de l'aventure, je n'ai plus aucun cauchemar de loups. Ils ont terminé leur mission. Je rentre au bercail.

Jérémie remue encore. Je bougonne.

– Excuse-moi. Je pensais que tu voudrais connaître le fin mot de l'histoire.

Pour le coup, je me redresse.

– Qu'est-ce que tu veux dire par là ?

– En écrémant le Net, j'ai trouvé des hypothèses intéressantes sur les relations entre l'Oïkoumène et McNess & Visanto. La secte n'aurait pas infiltré la multinationale comme on le pensait. Ce serait plutôt l'inverse...

– Hein ?

– D'après ce que je lis, la compagnie a très tôt effectué des versements à Oïkoumène. Des hackers ont eu accès à des comptes protégés qui montrent que Victor de Vrocourt a été subventionné par McNess

& Visanto une semaine seulement après avoir eu sa vision dans le désert.

– Et alors ?

– Cela signifie que c'est la multinationale qui a porté la secte en y injectant beaucoup d'argent dès sa création. Ils cherchent à fabriquer leur propre religion ! Une religion privée, répondant aux valeurs de l'entreprise. Un autre internaute s'est amusé à comparer les écrits du gourou avec des documents internes à l'entreprise. Ce sont presque les mêmes mots qui sont utilisés. Et les papiers administratifs sont plus anciens que les publications de Victor de Vrocourt. L'écrivain qui a écrit le roman *El* a laissé entendre que ce livre était une commande. Des noms de domaines et des copyrights ont été déposés autour de ce qui concerne l'Oïkoumène. Des théologiens auraient été consultés depuis des années pour concevoir une synthèse des grands monothéismes. À chaque fois, il semble que la multinationale ou ses filiales soient derrière ce chantier...

J'ai du mal à croire cette théorie.

– Tu veux dire que McNess & Visanto s'est mis en tête d'opérer une fusion-acquisition des principales religions ?

– D'une certaine manière, ils se posent sur un marché concurrentiel en offrant leur propre produit. Ils vendent déjà de tout, pourquoi pas des croyances ?

– C'est pour cela qu'ils ont réuni des jeunes autour d'eux ? Afin de multiplier les fidèles ?

— J'imagine que le but était de bâtir des sortes de temples destinés à montrer la vivacité et la puissance de ce culte nouveau. Les jeunes étaient sans doute destinés à devenir des missionnaires prêts à répandre leur bonne parole. Et ce ne serait que la partie émergée de l'iceberg. Ils ont lancé des actions tous azimuts, notamment en direction des écoles, des hôpitaux, des prisons... Même s'ils avancent masqués, on retrouve toujours la trace de l'Oïkoumène.

Je croise les bras, incrédule.

— Ça ne peut pas marcher, leur histoire. Les gens ne vont pas adhérer à une religion inventée de toutes pièces !

Jérémie soupire, philosophe.

— Ce ne serait pas la première fois... L'avenir nous le dira. En tout cas, grâce à toi, Firmitas ne nuira plus à personne. Cette branche a été démantelée. Victor de Vrocourt va passer en procès.

À cet instant, mon père se tourne à demi vers nous.

— Regardez sur le côté, les enfants. Je crois que la famille d'Ophélie va nous doubler.

Effectivement, quand je mate à travers la fenêtre arrière, je vois leur voiture arriver à notre hauteur. Ils sont partis en même temps que nous mais, comme on ne s'arrête pas aux mêmes aires, on n'arrête pas de se croiser sur l'A75.

J'adresse un coucou à Ophélie qui a un sourire jusqu'aux oreilles. Elle me fait signe qu'elle trouve Jérémie craquant. Je ne vais pas la contredire.

Elle colle un dessin contre la vitre. Il représente un loup, exactement comme dans mes rêves. Je dois avouer qu'elle a vraiment du talent. L'animal semble vivant.

D'après ses dernières discussions avec ses parents, ils ont accepté de l'inscrire dans une école de dessin dès l'an prochain. Ce sera peut-être un peu tard mais ils feront de leur mieux.

Et puis ils parlent d'un voyage en Corée, histoire de retrouver les parents biologiques de leur fille. De toute façon, ils ont tellement honte de s'être fait berner et d'avoir laissé Ophélie derrière eux qu'ils lui auraient promis n'importe quoi. On verra bien. Je vais essayer de garder le contact avec elle.

Leur bagnole s'éloigne et je les suis à travers le pare-brise.

Nous avons beau emprunter la même route, j'ignore encore où elle nous emmène.

Je repense aux autres jeunes du camp. Les Lao, Thomas, Amaryllis, Dorian et Eunice. Ils restent émancipés. J'espère qu'ils feront de bons choix à l'avenir, qu'ils ont compris que Tête-d'Or s'était servi d'eux, que cette histoire d'enfant-horizon n'était qu'un mensonge pratique.

Pourtant, je me demande si quelqu'un comme Jason est capable de se remettre complètement en question. De repartir encore de zéro. Ce ne sera pas une partie de plaisir.

Alors je serre la main de Jérémie et mon regard se perd dans les lignes de fuite de l'autoroute.

Et ce n'est pas une métaphore.

L'AUTEUR

Né en 1978 à Paris, Fabien Clavel a suivi des études de lettres classiques au terme desquelles il est devenu enseignant. De 2007 à 2011, il a enseigné le français et le latin au lycée français de Budapest avant de se réinstaller en région parisienne.
Il est l'auteur de plusieurs romans de fantasy et de science-fiction chez Mnémos et Pygmalion, ainsi que de textes pour la jeunesse chez Mango et J'ai lu dont *La Dernière Odyssée* (Prix Aslan 2007) et *Les Gorgonautes* (Prix Imaginales 2009).
Après *Décollage immédiat*, *Nuit blanche au lycée* et *Métro Z*, distingués par de nombreux prix, il signe son quatrième thriller.

Retrouvez Lana dans :

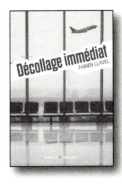 

Décollage immédiat
Prix des Incorruptibles
2013-2014

Nuit blanche au lycée
Prix Rablog Saint-Maur
en poche Ados 2013

Dans la même collection :

Métro Z

« Avec un art consommé du suspense, Fabien Clavel nous entraîne
dans une course échevelée, extraordinaire
mais en même temps étrangement plausible.
Après avoir lu ce roman, qui osera encore prendre le métro ? »

Jean Marigny

Blog, avant-première, forum…
Adopte la livre attitude !

www.livre-attitude.fr

RAGEOT s'engage pour l'environnement en réduisant l'empreinte carbone de ses livres. Celle de cet exemplaire est de :
600 g éq. CO_2
Rendez-vous sur
www.rageot-durable.fr

PAPIER À BASE DE FIBRES CERTIFIÉES

Achevé d'imprimer en France en mai 2015
sur les presses de Normandie Roto s. a. s.
Couverture imprimée par l'imprimerie Boutaux (28)
Dépôt légal : juin 2015
N° d'édition : 6379 - 01
N° d'impression : 1501639